Moederkruid

Carry Slee

Moederkruid

~

2002 Prometheus Amsterdam

Voor mijn zus

Eerste druk 2002
Veertiende druk 2002

© 2001 Carry Slee
Omslagontwerp Mariska Cock
Omslagillustratie ABC Press
Foto achterplat Marco Bakker
www.pbo.nl
ISBN 90 446 0008 7

Een

~

'Jullie weten niet wat oorlog is,' zei mijn moeder. 'Jullie hebben geen idee hoe het is om niet vrij te zijn. In je eigen land nog wel. Dat kunnen jullie ook niet weten. Jullie hebben de oorlog niet meegemaakt. Je vader en ik wel. Wij zijn zelfs in de oorlog getrouwd. Moet je je voorstellen, midden tussen de Duitsers. We hadden gewoon niks te vertellen. Helemaal niks. De Duitsers beslisten alles voor ons.'

Over die laatste zin heb ik vaak nagedacht. Als de Duitsers toen toch alles beslisten, waarom hadden ze het huwelijk van mijn ouders dan niet verboden?

Mijn moeder was zeventien toen mijn oma haar meenam naar de kleermakerij van mijn vader. Op aandringen van mijn oma nam mijn vader mijn moeder als handwerkster in dienst. Mijn oma ging akkoord met het salaris, maar ze hield de advertenties zorgvuldig bij. Zodra mijn moeder ergens anders meer kon verdienen, zou ze haar bij mijn vader weghalen.

Het stond al van tevoren vast, dat mijn moeder door de andere naaisters gepest zou worden. Zo was het altijd gegaan, al sinds ze een klein meisje was. Dat was niet de schuld van mijn oma. Die had mijn moeder er vaak genoeg op gewezen dat ze niet normaal was en zich als een malle Eppie gedroeg. En mijn oma wist precies wat normaal was en wat niet.

Een ander vaststaand feit was dat mijn vader verliefd zou worden op mijn moeder. Mijn moeder had tenslotte lang blond golvend haar en daar werd hij altijd verliefd op. Meestal duurde zo'n verliefdheid niet lang.

Mijn oma was altijd op zoek naar een beter betaalde betrekking voor mijn moeder, maar op een dag stopte ze daar resoluut mee. Ze had namelijk gevraagd hoe het op mijn moeders werk ging. Dit was toeval, want normaal was mijn oma uitsluitend geïnteresseerd in zichzelf, en vroeg ze zoiets nooit. Nog toevalliger was dat mijn moeder, die nog nooit iets vrolijks te melden had gehad, nu mijn oma voor het eerst blij kon maken.

Ze vertelde dat er in de kleermakerij van mijn vader tussen de middag werd gekaart.

Niets had meer effect kunnen hebben. Mijn oma werd namelijk gek van mijn opa, die voor zijn beroep flessen schoonmaakte in de melkfabriek. Als hij thuis was trommelde hij met zijn vingers op tafel. Alleen onder het kaarten trommelde hij niet. De laatste jaren had hij altijd met oom Kees gekaart, de broer van mijn oma. Oom Kees was de enige die bestand was tegen het fanatieke spel van mijn opa. Heel wat vrienden en familieleden hadden het opgegeven omdat mijn opa met het mes op tafel speelde. In het koffiehuis, waar hij zijn hele weekloon vergokte, veroorzaakte hij daardoor hoog oplopende ruzies. En nu had hij oom Kees ook als maatje verloren, om een paar dubbeltjes. Oom Kees weigerde ooit nog met mijn opa te kaarten. Mijn oma had genoeg van het getrommel. Ze had een nieuwe kaartspeler nodig, en dat werd mijn vader.

~

Eén kopje koffie, dat hield mijn opa net vol. Dan stond hij op, en gingen ze met z'n drieën aan tafel zitten: mijn opa, mijn oma en mijn vader. Ieder aan zijn eigen kant. Mijn moeder konden ze niet gebruiken, die speelde te traag. Boven de tafel hing een schemerlamp. De kap werd eraf gehaald, zodat ze beter konden zien. Daarna werd het kaartkleed op tafel gelegd. Naast mijn vader lag een blocnote met een potlood. Hij moest de stand bijhouden. Mijn opa had geen geduld om de punten op te schrijven en mijn oma was niet te vertrouwen. Tussen mijn vader en mijn oma stond een asbak. Mijn opa had zijn eigen asbak.

Mijn vader haalde zijn portemonnee uit zijn zak. 'Zullen we dan maar?' Hij legde wat dubbeltjes en een paar kwartjes op het kaartkleed.

Mijn oma schrok. 'Zoveel?'

'We spelen of we spelen niet.' Mijn opa schoof het spel kaarten naar mijn vader toe, niemand kon zo goed schudden als hij. Hij hield het spel kaarten tussen zijn handen, legde zijn duimen erop en ritste de kaarten pijlsnel in elkaar. Trots legde hij ze weer neer.

'Zie je dat nou?' zei mijn oma tegen mijn opa.

De kaarten waren al vaak gebruikt. Sommige afbeeldingen waren verbleekt. In de kast lag nog een ander spel, maar dat was alleen voor zon- en feestdagen.

Er werd op de blocnote gekeken wie mocht geven. Vanaf dat moment werd er niet meer gepraat.

Ze keken alledrie gespannen naar de kaarten in hun hand. Naarmate het spel vorderde, werden de kaarten met steeds meer kracht op tafel gegooid. Het tempo werd opgevoerd. Eén keer wachtte mijn oma iets te lang.

'Wat doe je, klaverjassen of takkenbossen?' vroeg mijn vader.

Mijn moeder zat in een hoek van de kamer en luisterde naar de radio.

Als mijn opa verloor, moest de radio zachter. Na twee potjes sprong hij op en zette de radio uit.

Mijn moeder pakte een tijdschrift.

'Je blijft toch niet heen en weer lopen, hè?' vroeg mijn oma.

De kamer stond blauw van de rook. Er viel een vonk van mijn opa's sigaar op het kleed.

'Kijk uit je doppen,' zei mijn oma kwaad.

'Nou vergooi ik me,' zei mijn opa. 'Hou dan ook je smoel, mens.'

'Er zit een brandgat in het kaartkleed.'

'Nou en, het is mijn kleed,' zei mijn opa.

Mijn moeder keek lang naar haar handen die uitgespreid op haar schoot lagen. Ineens stond ze op. 'Ik ga naar bed.'

'Nu al?' vroeg mijn oma.

'Zo gezellig is het hier niet,' zei mijn moeder.

'Wat nou? Je zit daar toch lekker bij de radio.'

'Die moest uit,' zei mijn moeder.

'Ja, als je toch naar bed gaat, hoeft-ie ook niet aan.' Mijn oma pakte de asbak en gooide hem leeg.

~

Mijn moeder hield van brede gespierde mannen met veel haar die zich soepel bewogen en goed konden dansen.

Mijn vader was een iel mannetje, dat zich houterig bewoog, niet kon dansen, en witte dunne benen en maar een paar haren op zijn hoofd had. Hij was zelfs afgekeurd voor militaire dienst omdat hij te mager was.

Al die uiterlijkheden deden er niet meer toe volgens mijn oma. Mijn moeders baas was verliefd op haar, daar moest ze trots op zijn. En dat was ze ook.

In het begin was mijn moeder nog wat wantrouwig. Waarom wilde die man juist haar hebben? Maar mijn oma, die overal verstand van had, dus ook van de liefde, wist wel waar mijn vader op afkwam. Mijn moeder had niet alleen een mooi gezicht en lang blond golvend haar, maar mijn vader viel vooral op het familiewapen. Mijn oma was er trots op dat ze het had doorgegeven aan haar nageslacht. De heerlijkheid: borsten. En borsten waren niet twee erwten op een plankje, of slappe theezakjes die aan het lichaam bungelden. Mijn oma wist wanneer je van borsten mocht spreken. Als je rechtop stond en je kon je voeten niet meer zien, pas dan had je borsten. Mijn oma had borsten. Haar borsten waren van een topklasse. Ze kon niet alleen de grond niet zien als ze stond, maar ook niet als ze liep. En voor wie dat niet wilde geloven, was op zekere dag het bewijs geleverd. Ze had twee jonge katjes doodgetrapt.

'Ja ja,' bevestigde mijn opa vol trots het voorval. Het was zíjn vrouw.

Het moet een enorm spannende tijd zijn geweest toen mijn moeder van een kind een meisje werd. Maar gelukkig begonnen ook háár borsten als kool te groeien. En al gedroeg ze zich vreemd en werd ze altijd gepest, dit maakte alles goed. Mijn oma was opgelucht. Welke moeder wil nou dat haar dochter de rest van haar leven alleen blijft? Zo zou het mijn moeder niet vergaan. Op haar zeventiende diende zich al een man aan. En niet zomaar een man: haar baas.

~

Mijn oma had een kaart voor het openbaar vervoer. Voor een paar dubbeltjes reed ze elke middag met de tram naar het eindpunt en weer terug. Onderweg kon ze aan de mensen in de tram haar verhaal kwijt. Deze vorm van sociaal contact beviel haar veel beter dan het onderhouden van vriendschappen. Het was geheel vrijblijvend en schepte geen enkele verplichting. Oma hoefde geen koffie en thee te serveren, wat handenvol geld kostte.

Het kwam weleens voor dat mijn oma begon te praten, en dat iemand opstond en ergens anders ging zitten, maar dat raakte haar niet. Je had altijd chagrijnen. Elke rit vond ze wel iemand die wilde luisteren.

Ze praatte over dingen waar ze vol van was. In die tijd was ze vol van de verkering van haar dochter.

Mijn oma zag het huwelijksfeest al voor zich, toen er op een ochtend een vrouw bij haar op de stoep stond.

'Mag ik even binnenkomen?' vroeg ze.

Het was duidelijk dat de vrouw mijn oma absoluut niet

kende, anders had ze geweten dat mijn oma nooit iemand binnenliet.

'Er broeit iets tussen mijn man en uw dochter,' zei de vrouw. 'Wilt u haar alstublieft bij de kleermakerij van mijn man weghalen, ik vrees voor ons huwelijk.'

Mijn oma wist niet wat ze hoorde. Was mijn vader echt met deze vrouw getrouwd? Ze schoot bijna in de lach. Ze had het in één oogopslag gezien toen ze opendeed: kaliber strijkplank stond voor de deur. Wat dacht dat mens nou? Daar kon toch geen man gelukkig mee zijn. Mijn oma trok haar schouders extra ver naar achteren, zodat haar borsten nog indrukwekkender werden.

'We kunnen niet allemaal geluk hebben.' En ze deed de deur voor de vrouw dicht.

~

Het lange, blonde, golvende haar was voor mijn vader doorslaggevend: hij verliet zijn vrouw. Maar het ging mijn oma allemaal niet vlot genoeg. Mijn ouders hadden dan wel verkering, maar het schoot niet op. Als mijn moeder niet wat toeschietelijker werd, zou het nog uit kunnen gaan. Mijn oma besloot haar een handje te helpen door mijn ouders 's avonds alleen te laten.

'Pas wel op,' zei ze toen ze met haar jas aan stond. 'Je weet wat ervan komt als je niet uitkijkt.'

Mijn opa stootte mijn oma aan. 'En ik doe het niet nog een keer.'

'Nee, stel je voor.' Ze schoten beiden in de lach. Het was een onderonsje.

Het was iets waar mijn opa en oma trots op waren. Mijn oma, die haar hele leven haar benen uit haar lijf liep voor een paar dubbeltjes, had in één klap een smak geld uitgespaard. Toen ze van haar zuster hoorde hoeveel, was de kick nog groter. Haar zuster had het bij een of andere vrouw laten doen, in een vies stinkend kamertje. Dat ze geen infectie had opgelopen was een wonder. Het mens had haar nog een poot uitgedraaid ook. Mijn oma begreep haar zuster niet. Alsof het enig verschil maakte. Pijn deed het toch wel. En dan had je achteraf nog pijn in je portemonnee ook. Opa en oma hadden het helemaal zelf gedaan, met z'n tweetjes.

De twee jongste kinderen had mijn oma de straat op gestuurd. Mijn moeder mocht blijven, die hoorde of zag toch nooit iets.

Het moest snel gebeuren. In hun haast hadden ze niet gemerkt dat de slaapkamerdeur op een kier stond.

Mijn opa moest het doen, met een breipen. Mijn oma lag op bed, met haar benen gespreid, op een stuk zeil.

'Wat sta je daar nou? Je weet toch waar-ie in moet? Lafaard,' zei mijn oma. 'Anders vind je het toch ook niet eng? Je weet het altijd feilloos te vinden, schiet op.'

Mijn opa wendde zijn hoofd af en duwde de breipen naar binnen. Mijn oma kneep haar ogen dicht.

'Prikken,' zei ze. 'Je moet prikken.'

Mijn opa stak, maar nog veel te voorzichtig.

'Prikken!' riep mijn oma. 'Je moet het kapotprikken!'

Ze schreeuwde van de pijn. Even daarna liep er bloed op het zeil.

Mijn moeder begon hard te huilen.

'Wat heeft die nou weer?' zei mijn oma. 'Kom maar hier, dan kun je het zeil schoonmaken... Wat kijk je nou?' vroeg mijn oma toen mijn moeder binnenkwam. 'Je hebt toch weleens vaker bloed gezien?'

Twee

~

De slaapkamerdeur stond open. Er kwam een weeë lucht uit. Papa stak zijn hoofd door de deuropening. 'Kom je er nog eens uit, ik heb haast.'
 'Dan ga je toch,' zei mama.
 'Dat kind is jarig.' Papa ijsbeerde door de kamer. Ik hoorde mama uit bed stappen.
 'Zes jaar geleden was je ook aan het werk,' zei ze. 'Je hebt je personeel niet eens weggestuurd. Je liet me gewoon in mijn eentje bevallen.'
 'Nou en,' zei papa. 'Het ging toch goed?'
 'Ach man, je hebt geen idee wat ik heb doorgemaakt. Het bed stond tegen de muur van het atelier. Ik kon de handwerksters zelfs verstaan.'
 'Dan had je nog wat afleiding,' zei papa.
 'Afleiding? Weet je wel wat je zegt? Dat je die handwerksters en machinestiksters nou liet doorwerken, maar die kleermakers had je weg moeten sturen. Ik wed dat ze me konden horen zuchten. Die weeën waren vreselijk. En ik durfde niet eens te

gillen. Ik was beter af geweest in het ziekenhuis. Je hebt de zuster alles laten opknappen. Knijp maar in mijn arm, zei ze. Dat arme mens had een blauwe arm toen het voorbij was.'

Ik telde samen met Elsje de wijnballen. Het waren er vijfenveertig, precies genoeg.

'Kunnen we nu die verjaardag gaan vieren?' vroeg papa geergerd. 'Nou weet ik het wel.'

'Jij weet helemaal niks. Jij kunt nooit weten hoe eenzaam ik me gevoeld heb. Toen dat kind was geboren, kwam je niet eens kijken. Ik lag daar maar. De zuster had je al twee keer geroepen en toen ging ze je halen. "U hebt een dochter, hoor," zei ze. Dat mens wist niet wat ze meemaakte. Je nam niet eens de moeite om te komen.'

'Wat viel er nou aan te zien,' zei papa. 'Weer een meid. Ik wou een jongen, dat wist je toch?'

'Je doet net of het mijn schuld is,' zei mama. 'Ik had ook veel liever een jongen gehad. Of eigenlijk wou ik helemaal geen kind meer. Ik had met jou nooit kinderen moeten nemen. Je hebt me er helemaal alleen voor op laten draaien en dat doe je nog steeds. Elke avond zit ik hier in m'n eentje. Wacht maar tot ik van ellende in mijn graf lig, dan sta jij er alleen voor.'

Ik had een trommel gevonden, maar de wijnballen pasten er niet in.

'We hadden nooit een tweede kind moeten nemen,' zei mama. 'Ons huwelijk was toen al een kruis.'

'Als het een jongen was geweest, was alles anders gelopen,' zei papa.

Mama knikte. 'Het is ons lot geweest.'

Ik keek naar de trommel, die veel te klein was, en ik moest huilen.

~

Mama zei het minstens één keer per dag. 'Knoop het goed in jullie oren. We hebben hier niet voor gekozen, we zijn hier verzeild geraakt. We hadden een fijn huis in een prettige buurt, maar jullie vader moest zo nodig risico's nemen. Hij had tevreden moeten zijn met de kleermakerij zoals hij was. Balen stof heeft hij ingekocht, alsof hij een warenhuis had. En dit is het resultaat. De hele bliksemse boel moest verkocht worden en nu zitten we hier in deze gribus. Er is één ding dat jullie nooit mogen vergeten: wij horen hier niet.'

Ik liep met mama door de straat waar we niet hoorden. We liepen zo ver mogelijk van de huizen vandaan, zodat niemand die toevallig naar buiten kwam ons kon aanklampen. Dat wilde mama niet. We spraken nauwelijks. 'Mensen zijn nieuwsgierig,' zei mama. 'Ze zijn er alleen maar op uit om je uit te horen.'

We kwamen langs een naaimachinewinkel die was opgeheven. In de etalage lagen klosjes verschoten garen. Aan het stof op het garen te zien was de winkel al lange tijd dicht.

Een paar huizen verder was een fietsenstalling waar je een sleutel van moest hebben als je naar binnen wilde.

De sigarenwinkel was wel open. De eigenaar, meneer Vermeer, stond voor de deur. Hij groette mama beleefd. Mama gaf hem een kort knikje en liep door. Ze vertrouwde die man niet, dat had ze vaak gezegd. Hij was achterbaks, en zijn vrouw ook. Hij deed alleen maar aardig omdat papa zo'n goeie klant was.

Papa rookte twee pakjes sigaretten en een doosje sigaren per dag. Volgens mama kon meneer Vermeer zijn winkel wel sluiten als papa nog eens zou stoppen met roken. Ik dacht daar altijd aan als ik erlangs liep. Meestal stond de tussendeur van de winkel naar de huiskamer open. Het zag er deftig uit daarbinnen. Ze hadden zelfs televisie. Dat hebben jullie allemaal aan papa te danken, dacht ik dan.

Midden in de straat was een kapper. Het leek geen echte winkel omdat je niet zomaar binnen kon lopen. Je moest een stenen trap op en als je door de linkerdeur naar binnen ging, kwam je bij de kapper. Voor het raam stond een vergeeld bord met KAPSALON NELLIE erop. Achter het raam stond een droogkap. Als je goed keek, kon je zien wie er onder de kap zat. En je zag nog net een stukje van de wasbak. Je kon de kapper gebogen over de wasbak zien staan, maar je zag niet wie hij waste. Daar was de stoel net te laag voor.

Ik wilde weleens weten hoe het daarbinnen was, maar dat mocht niet van mama. Ze had al genoeg gezien. Van de kappersjas die vol vlekken zat, kon je volgens haar soep koken. En wat ze nog erger vond: de kapper miste twee hoektanden. Het was geen gezicht. Ze begreep niet dat iemand zo wilde lopen. Het was onmogelijk dat een man die zich zo slecht verzorgde goed kon knippen. Bovendien stonk de trap naar kattenpis, dat rook ze al van meters afstand. Het moest daarbinnen wel een zootje zijn. De luizen sprongen er in het rond, dat wist ze zeker. En als je eenmaal luizen had, dan kwam je er niet zomaar van af.

Op de hoek van de straat was een groentewinkel, maar daar kochten we niet. Ze verkochten daar immers geen groenten. 'God mag weten wat het wel is wat ze daar verkopen,' zei mama, 'maar met groenten heeft het niks te maken.' Ze verbood ons er ooit iets te kopen, ook al was het nog zo verleidelijk omdat het vlakbij was. We waren gewaarschuwd, ze zou ons onmiddellijk terugsturen. Ze zag het zo als we met die rommel aankwamen. Alles werd er in kranten verpakt. In een beetje groentewinkel stopten ze toch in elk geval de tomaten en het fruit in zakken, maar daar hadden ze in deze groentewinkel schijnbaar nog nooit van gehoord. Het verbaasde haar dat er mensen bestonden die daar kochten. Die waren echt niet goed bij hun hoofd.

We kwamen er regelmatig langs. Ik kon het niet nalaten naar binnen te kijken. Ik moest die mensen zien die niet goed bij hun hoofd waren, maar mama sleurde me mee.

Behalve een melkboer was er ook een kruidenierswinkeltje in de straat. Het was een kleine winkel waar ze alles verkochten en waar het naar zeep rook. De snoep stond op de toonbank in glazen flessen. Wij kochten er bijna alles, behalve onverpakte spullen, die moest je er niet nemen. Worst of kaas... mama trok er een vies gezicht bij. Het kon niet anders of het smaakte naar zeep.

Mama zei dat het aardige mensen waren. De dochter die altijd bijsprong als er meer dan twee mensen in de winkel stonden, mocht ze ook graag. Mama wist het meteen toen ze daar voor het eerst binnenstapte. Ze zei het tegen papa. 'De kruidenier en zijn vrouw horen hier ook niet.'

Ik begreep er niks van. Waar zag mama dat aan? Ik keek heel lang naar de kruidenier en naar zijn vrouw. Maar ik kon het niet zien.

~

'Geen ruzie maken,' zei oma. 'Anders krijgen jullie niks.'

We lieten oma's tas meteen los.

Oma haalde zelf het snoepje van de week eruit. Ze hield het op haar rug. 'Welke hand?'

'Die.' Elsje wees naar haar linkerhand.

'Dan is die voor jou.'

Ik maakte het snel open. Behalve iets lekkers zat er altijd een speeltje bij. Ik had een puzzeltje. Elsje had een muis die je kon opwinden. Ik ging aan tafel zitten en haalde de puzzelstukjes uit het zakje.

'Eerst een sigaretje.' Oma keek mama aan. 'En? Ben je al gewend?'

'Hier wen je nooit,' zei mama. 'Hij wordt bedankt.'

'Onzin,' zei oma. 'Je man kan er ook niks aan doen. Het is een goeie man.'

'Ik heb hem nog zo gewaarschuwd,' zei mama. 'Hij lachte me gewoon in mijn gezicht uit. Nou zie je wat ervan gekomen is. Hij had naar me moeten luisteren.'

'Voor hem is het ook niet leuk.'

'Hij heeft er geen last van, hij is altijd weg, maar ik zit hier.'

'Niet overdrijven.' Oma nam een trek van haar sigaret. 'Je doet net of je op straat moet slapen.'

'Hebt u die buurt gezien?' vroeg mama.

Oma knikte. 'Het is hier wel een mooie boel. Ik zag nog een idioot in een karretje uit een deur komen.'

Elsje schrok. 'Nee oma, dat is geen idioot, die jongen heeft kinderverlamming gehad. Hij is verlamd en kan niet meer lopen.'

'Even een beetje frisse lucht, anders raak ik ook verlamd.' Oma drukte haar sigaret uit en maakte de deur naar het balkon open. 'Wie wonen daar beneden?' Ze liep naar buiten en keek over de balustrade.

'Ma!' riep mama. 'Ma, kom binnen.'

Ik sprong op. Ik wilde oma vertellen wie er allemaal woonden.

'Hier jij!' Mama greep me bij mijn arm. 'Ga jij je puzzel nou maar maken.'

'Ik woon hier niet zelf, hoor,' hoorde ik oma zeggen. 'Ik ben op visite bij mijn dochter.' Oma leunde met haar rug tegen de balustrade en keek schuin omhoog. 'Het is wel wennen hier. Mijn dochter woonde eerst in Zuid, op het Westerscheldeplein. Ja, dat is wel even iets anders. Het huis is in de fik gegaan en nou zitten ze hier. Het is maar tijdelijk, hoor.'

Ik keek mama aan. Oma vergiste zich. We hadden helemaal geen brand gehad.

'Wij zijn zo'n buurt niet gewend,' ging oma verder. 'Zelf woon ik bij het Olympisch Stadion. Maar ja, ik zeg ook, wat moet je? Je hebt niks te kiezen. Je mag blij zijn dat je een dak boven je hoofd hebt. Zo is het toch? Mijn dochter heeft u zeker nog niet gesproken, hè? Het is niet zo'n gezelligerd. Dat heeft ze van mijn man. Die is ook niet zo spraakzaam. Je doet er niks aan. Het is de aard van het beestje. Je kunt iemand niet veranderen. Ze zijn zwaar op de hand. Ik ben anders, ik zie het alle-

25

maal niet zo somber. Mijn schoonzoon ook niet, die houdt wel van een praatje. Anders zou hij nooit een eigen kleermakerij gehad hebben. U zult hem wel niet vaak tegenkomen. Nee, die heeft het te druk. Met een eigen zaak ben je altijd bezig. Mijn dochter moppert er weleens over. Ze is vaak alleen, dat is zo. Dat is de andere kant van de medaille. Maar ik zeg altijd: hoor eens kind, hij doet het allemaal voor jullie. En je hebt het toch goed? Nee, je kunt alles zeggen, maar hij heeft veel voor zijn gezin over. Ik ga maar weer eens naar binnen. We zullen elkaar vast nog weleens spreken. Dag hoor.'

Zodra oma in de kamer stond, deed mama de deur dicht.

'Wie was dat?' vroeg mama.

'Ze woont op tweehoog,' zei oma.

'Ik weet het al,' zei ik blij. 'Dat is de moeder van Ada, die is heel lief.'

Oma keek naar mama. 'Lekker vlot ook. Ze stond in haar duster op het balkon. Hoe laat is het? Alsjeblieft zeg, halfdrie. Die hoeft zich helemaal niet meer aan te kleden, ze kan straks zo haar bed weer in.'

'De moeder van Ada is ziek,' zei ik. 'Daarom heeft ze haar nachtpon aan. Ze ligt heel vaak op bed.'

'Ja, dat ken ik.' Oma maakte een gebaar met haar handen bij haar mond, wat ze altijd deed als iemand te veel borreltjes dronk. Ze haalde haar schort uit haar tas en knoopte het om. 'Even je afwasje doen en dan ga ik.'

In de keuken hoorde ik haar zingen.

Ik dacht aan de brand. Zou ik het tegen oma zeggen? Ik liep de keuken in.

'Oma,' zei ik.

Oma hield op met zingen. 'Wat is er kind?'

'Oma, er was helemaal geen brand in ons oude huis. Papa had geen geld meer en toen moesten we het huis uit.'

'Stil kind!' zei oma. 'Dat mag je nooit aan iemand vertellen. Dat zouden ze wel willen. Mensen willen altijd dat het slecht met je gaat.'

'Maar je mag toch niet jokken?' vroeg ik.

'Nee, jokken niet,' zei oma. 'Maar een leugentje om bestwil, dat mag altijd.' Ze begon weer te zingen.

Ik dacht aan mijn oude kamertje en de tuin met de zandbak. Ik wilde niet zeggen dat alles was afgebrand. Het bestond nog steeds en dat moest ook. Later, als we weer genoeg geld hadden, gingen we er weer wonen, dat had papa beloofd.

'Ziezo.' Oma spoelde het sop door de gootsteen en hing de theedoek over het droogrek. Ze keek geschrokken op haar horloge. 'Is het al zo laat? Ik moet mijn overstapje halen.' Ze trok vlug haar jas aan en zoende ons. 'En denk erom, lief voor je man zijn,' zei ze tegen mama. 'Aju.' En weg was ze.

~

'Kijk eens!' Papa stond met een stralend gezicht in de deur en hield een paar sleutels in de lucht.

'Ga nou maar zitten.' Mama liep gehaast naar de keuken. 'Het eten staat te verpieteren. Je komt steeds later thuis. Het zou me niks verbazen als je over een poosje helemaal niet meer komt.'

'Deze jongen heeft vandaag een auto gekocht,' zei papa.

Een auto? Bijna niemand in de straat had een auto. 'Pap!' Elsje en ik renden naar papa toe.

Mama liet van schrik de schaal aardappels bijna uit haar handen vallen. 'Dat meen je toch niet?'

'Hij staat voor de deur,' zei papa.

'Ik wil 'm zien!' Wij renden al naar de deur, maar papa greep ons vast. 'Aan tafel. Na het eten gaan we een stukje rijden.'

Elsje en ik gingen snel zitten. Mama schepte voor papa en ons op. Daarna deed ze het deksel op de schaal.

'Moet jij niks?' vroeg papa.

Mama schoof demonstratief haar bord van zich af. 'Mijn

eetlust is al verpest. Waarom word ik nooit ergens in gekend?
Je hebt zogenaamd geen cent te makken. Geld voor een nieuwe theedoek is er niet. Je moest eens zien waarmee ik moet afdrogen. En hij komt met een auto aan.'
'Ik heb 'm van een kennis gekocht,' zei papa. 'Die moest er vanaf. Ik heb 'm voor een prikkie kunnen overnemen. Je zult het zo wel zien.'
'Hij heeft weer een kennis. Ik heb al genoeg gezien van die kennissen van jou.' Mama besloot toch maar wat te eten.
Elsje en ik aten snel ons bord leeg. 'Mogen we nou kijken?' vroegen we toen we klaar waren.
'Even geduld,' zei papa. 'Jullie moeder zit nog te eten.'
'Op mij hoef je niet te wachten hoor.' Mama at rustig door. 'Geen interesse.'
'Klaar!' Papa veegde zijn mond met het servet af en wreef in zijn handen. 'Gaan jullie mee?'
Elsje en ik renden de stenen trap af. Voor de deur stond een lange slee. Hij was hemelsblauw met grijze spatborden, en aan de achterkant zaten vleugels die omhoogliepen. Er stonden allemaal mensen omheen.
'Is dat 'm?' Ik kon mijn ogen nauwelijks geloven. Ik wist niet eens dat er zulke grote auto's bestonden.
Papa stak trots het sleuteltje in het portier. 'Ja, jullie vader koopt niet zomaar een autootje.'
'Het is een studiebeker,' zei hij tegen een paar mannen.
Vol bewondering liepen ze om de auto heen. 'Nou nou, die Amerikanen kunnen er wat van.'
'Eén nadeel,' zei papa. 'Ze zuipen behoorlijk. Op elke hoek begint-ie te hinniken.'
De mannen moesten lachen. Elsje pakte trots papa's hand, maar ik deed het voorportier open en kroop achter het stuur. De auto rook een beetje benauwd.
'Mevrouw gaat rijden,' zei een buurman lachend.
'Nou, laat die maar schuiven,' zei papa. 'Het is net een jongen. Ze rijdt zo weg.'

Een andere man streek met zijn hand over de auto. 'Het is een mooi dingetje.'

'Ja, je moet wat, hè?' Papa demonstreerde het schuifdak.

'Ook dat nog.' Iedereen was onder de indruk.

'Ga je moeder maar halen, we gaan een ritje maken.' Papa joeg me de auto uit en ging zelf achter het stuur zitten.

Ik rende naar boven. 'Mam, kom gauw, hij is hartstikke mooi.'

'Dat zal wel.' Mama zat nog aan tafel.

'Kom nou.' Ik pakte haar hand en probeerde haar mee te trekken.

'Laat mij nou maar, ik zit hier best,' zei mama.

Ik wilde niks missen en ging snel weer naar buiten. 'Mama wil niet,' zei ik. Ik kroop naast Elsje achterin.

Papa draaide het raampje omlaag. 'Even mijn vrouw alarmeren.' Hij drukte op de claxon.

Iedereen keek naar het portiek, maar mama kwam niet naar buiten.

'Je hebt haar niet goed afgericht.' De mannen begonnen te lachen.

'Dat zullen we nog weleens zien.' Papa drukte opnieuw de claxon in, maar nu langer.

Het gordijn van de slaapkamer ging een stukje opzij. Mama gebaarde dat papa moest ophouden.

'Laat mama nou maar,' zei Elsje. 'Ik wil rijden.'

De mannen daagden papa uit. 'Het lukt je niet, je hebt niks in te brengen.'

Nu moest papa bewijzen dat hij toch echt de baas in huis was. 'Driemaal is scheepsrecht.' Hij drukte op de claxon en hield 'm ingedrukt.

Mama kwam geërgerd naar buiten. De mannen begonnen te klappen.

'Moet dat nou?' Mama vluchtte tussen de omstanders door de auto in.

'En? Heb ik iets te veel gezegd?' vroeg papa.

Mama gebaarde dat hij het raampje dicht moest doen.

'Nou, je mag het best zeggen. Is dit een mooie auto of niet?' Papa keek mama aan.

'Wat je een auto noemt,' zei mama. 'Het is meer een slagschip.'

'Maar dan wel een slagschip met een open dak,' zei papa glimmend van trots.

'Daar heb je alleen maar ellende van.' Mama keek niet eens toen hij het openschoof. 'Die dingen lekken altijd.'

'Ik zal even demonstreren hoe hij rijdt.' Papa trok een knop uit. De auto maakte een krassend geluid.

'Even wennen.' Hij probeerde het nog eens, maar de motor sloeg niet aan.

'Zei ik het niet, je hebt weer een zeperd gekocht,' zei mama. 'Hij heeft weer een kennis.'

'Overdrijf niet zo.' Papa werd kwaad. 'Dat ding is perfect. Ik ben hier toch ook gekomen?'

'Zit er wel benzine in?' vroeg mama.

'Ja natuurlijk.' Papa probeerde het nog eens, maar de auto deed niks.

Een buurman tikte tegen het raampje. 'Wat dacht je ervan als je hem eens aanslingerde?'

Papa opende het portier.

'Je gaat toch niet aan die auto knoeien in je goeie goed, hè,' zei mama.

'Vrouwen...' Papa lachte naar de mannen. Hij deed de motorkap omhoog en slingerde de auto aan. Na een paar keer begon de motor te draaien. De mannen juichten.

'Zie je nou wel, hij wou ons gewoon even aan het schrikken maken.' Papa liet de motorkap met een klap dichtvallen en kroop achter het stuur.

'Daar gaan we.' Hij keek naar de mannen, nam zijn hoed af en zette de auto in de eerste versnelling. We schoten naar voren. Mama kwam bijna met haar hoofd tegen de voorruit terecht. Toen sloeg de motor af.

'Ik stap uit,' zei mama. 'Ik ben mijn leven niet zeker in dat ding.' Maar toen ze iedereen zag staan bleef ze toch maar zitten.

'We zitten hier te kijk,' zei ze. 'We gaan naar boven. Waar wacht je nog op?'

'Hij moet het doen,' zei papa.

'Man, hou toch op. En als-ie het dan doet? Voor hoe lang? Ik wed dat dat wrak bij de hoek al ontploft. Je doet maar, maar wij gaan. Het is bedtijd.'

Mama stapte uit. Ze deed het achterportier open en trok ons mee. We stribbelden tegen, maar mama duwde ons de trap op, het kamertje in. 'Uitkleden.'

We renden naar het raam. Papa zat achter het stuur. De mannen duwden de auto. Hij rolde langzaam door de straat. We hoorden een krassend geluid en ineens kwam er rook onder de auto uit. 'Hij doet het!' De mannen lieten de auto los.

Papa reed toeterend de straat uit. Elsje en ik keken elkaar geschrokken aan. Nu moest papa bij de hoek zijn. We hielden onze adem in, maar we hoorden geen plof.

~

Ik wilde naar dezelfde school als Ada, maar mama zei dat dat niet kon.

'Het is een christelijke school en wij zijn niet christelijk.'
'Wat zijn wij dan?' vroeg ik.
'Niks,' zei mama.
'Ada zegt dat je in de hemel komt als je doodgaat,' zei ik.
'Dat maken die lui zichzelf daar wijs,' zei mama. 'Er bestaat geen hemel.'
'Waar ga je dan heen als je doodgaat?'
'Dat weet niemand,' zei mama. 'Dat is een groot mysterie. Denk er maar niet aan. Als het zover is, is het vroeg genoeg.'
'Jij gaat toch nog lang niet dood,' zei ik. 'En papa gelukkig ook niet.'
'Dat weet je niet,' zei mama. 'Het kan zo gebeurd zijn. Laten we er maar over ophouden.'

Het zat mij niet lekker. Elsje en ik deden er een halfuur over om op school te komen. We waren de enigen uit de straat die zo ver moesten lopen. 'Om de hoek is toch ook een school?

Waarom mogen we daar niet heen?'

'Dat is geen school,' zei mama. 'Dat is een slachthuis. Je hebt geen idee hoe het er daar aan toegaat. En dat is maar goed ook. Wees blij dat je naar zo'n fijne school mag.'

Er werd aangebeld. Ik wilde naar de deur rennen, het was vast Ada die met me wilde spelen, maar mama greep me bij mijn arm. 'Denk erom dat je geen kinderen binnenlaat.'

Ik had gelijk, het was Ada. 'Kom je spelen?' vroeg ze.

Ik knikte. Ik had alleen één probleem. Als ik mijn jas pakte, liep Ada vast achter me aan. En ik mocht ook niet zonder jas naar buiten. Ik keek even om. Als mama in de keuken was, merkte ze het niet. Maar mama's hoofd stak om de kamerdeur. Het was duidelijk aan haar gezicht af te lezen: Ada mocht er niet in.

'Kan die deur dicht?' riep mama toen het te lang duurde. 'Ik stook niet voor niks.'

Ik waagde het erop. Draaide me pijlsnel om, holde naar de kapstok, greep mijn jas en rende naar buiten. Het was gelukt. Ada was niet binnen geweest.

'Zullen we bij mij gaan spelen?' vroeg Ada.

Ik mocht bij niemand spelen. 'Als jij ergens gaat spelen, krijg ik die kinderen ook hier over de vloer,' zei mama. 'Dat schept verplichtingen.'

'Wil je nou bij me spelen of niet?' vroeg Ada.

Toen we buiten stonden keek ik omhoog. Mama stond niet voor het raam. 'Leuk,' zei ik zachtjes.

Ada's moeder vroeg me hoe het beviel in het nieuwe huis, en hoe het op school was.

Dat betekende dat ik moest oppassen. 'Juist als mensen zo aardig doen,' zei mama altijd, 'dan zijn ze niet te vertrouwen.'

Ik paste extra goed op en sloeg alles af. Ik had zogenaamd geen dorst. Toen Ada's moeder me de snoeptrommel voorhield, zei ik dat ik buikpijn had. De moeder van Ada bleef maar vriendelijk.

We deden de pop van Ada in bad en kregen echt water. Ik schrok heel erg toen de vloer nat werd, maar het water op de vloer in Ada's huis droogde gewoon op. En het tafelkleed waarop we pap morsten toen we de pop voerden, kon zo gewassen worden.

Bij Ada's moeder kreeg de buurvrouw thee en ze lachten met elkaar. Ada's moeder vloekte niet één keer, zelfs niet toen de bel ging. En als ze tegen me praatte, keek ze me aan.

We moesten voor Ada's moeder naar de groenteman. We kregen een briefje mee en een boodschappenmand. We renden de trap af. Nog net op tijd bedacht ik me dat ik voorzichtig moest zijn. Mama mocht me niet zien.

'Wacht!' Ik bleef onder aan de trap staan en gluurde schuin omhoog. 'Kom maar,' zei ik.

'Waarom doe je zo geheimzinnig?' vroeg Ada.

'Zomaar.'

'We doen wie het eerst bij de groenteman is,' zei Ada.

Ik rende naar onze eigen groenteman.

'Hé, waar ga jij nou heen?' riep Ada mij na. 'Ik weet niet of je het weet, maar de groenteman zit daar, hoor.'

Ik kon het niet geloven. Was Ada's moeder niet goed bij haar hoofd?

~

Na het eten nam papa me mee naar de gang. 'Een beetje jongen moet kunnen voetballen.'

Aan het eind van de gang was een muurtje en dat was het doel. Papa ging voor het doel staan. Hij boog door zijn knieën en legde zijn handen erop.

'Wat zijn jullie nou van plan?' vroeg mama die net de gang overstak om naar de keuken te gaan.

'Ik geef hier balletles, nou goed,' zei papa.

Mama keek naar de bal. 'Dat kan niet,' zei ze geschrokken. 'Denk alsjeblieft aan de buren.'

'Ik zal aan ze denken.' Papa schoot in de lach.

'Een, twee...' Bij drie moest ik schieten. Ik was trots dat ik de bal raakte.

'Ik zei schieten en niet aaien.' Papa raapte de bal op.

De tweede keer lukte het weer niet. Mijn voet schoot over de bal.

'Ik zal het wel voordoen.' Papa liep het doel uit, legde de bal neer en schoot. De bal kwam keihard tegen de muur aan.

Door de klap viel het schilderijtje met het landschap naar beneden.

'Wat gebeurt hier in hemelsnaam.' Mama kwam aangerend. 'Je hebt het schilderij vernield.'

'Hoezo, vernield?' vroeg papa. 'Omdat het op de grond valt?'

'Er zit een barst in het glas,' zei mama.

Ik zag het ook. Midden door het landschap liep een grote scheur.

'Ik zie niks,' zei papa.

'Hij ziet weer niks,' zei mama. 'Ik zie wel iets.'

'Het is maar goed dat je wat ziet,' zei papa. 'Stel je voor dat je niks zag, dan was je blind.' Hij gaf het schilderij lachend aan mij. 'Zeg eens eerlijk, zie jij hier een barst lopen?'

Papa en mama keken me alletwee aan. Ik voelde de spanning. Meestal trok ik partij voor mama omdat Elsje altijd voor papa koos.

'Ik weet het niet,' zei ik.

'Hier.' Mama wees op de barst.

'Mag ik even lachen,' zei papa. 'Noem je dat een barst? Je mag je vergrootglas er wel bij pakken. Er is geen hond die dat ziet.' En alsof er niks aan de hand was, hing hij het schilderij weer op en legde de bal neer.

'Hou er alsjeblieft mee op,' zei mama. 'Waar wacht je op? Tot de buurman bovenkomt? Ben je daar soms op uit? Dat ik die kerel hier binnen krijg? Ik wil er niks mee te maken hebben, je doet zelf maar open.'

'Best,' zei papa. 'Dan kan hij meedoen.'

Mama liep kwaad weg.

'Heb je gezien wat ik deed?' vroeg papa.

Ik knikte en legde de bal neer. Ik haalde uit. Dit keer had ik nog meer pech. Ik raakte de bal wel, maar mijn grote teen sloeg dubbel. Ik beet op mijn lip.

'Mag ik erdoor?' Elsje wilde naar haar kamer.

'Schiet de bal niet per ongeluk in het doel,' plaagde papa

haar. Hij wist dat Elsje een hekel aan voetbal had.

Elsje stak haar tong uit naar de bal.

Papa gaf mij een knipoog. 'Laat haar maar. Voetbal is niks voor meisjes.'

~

In ons huis was geen douche, daarom gingen we elke zaterdagmiddag naar het badhuis. Mama zei dat wij maar boften. De andere kinderen uit de straat moesten allemaal in een teil. Die kinderen stonken. Mama zei dat je dat niet alleen kon ruiken, maar dat je het ook kon zien. We moesten maar eens goed naar ze kijken, ze zagen er goor uit. Dat kon ook niet anders, want in zo'n teil werd je alleen maar viezer. Je zat te weken in het vuil van een ander. En dat vuil drong in je poriën, dat kreeg je er nooit van je leven meer af.

Het badhuis lag in het centrum van de stad. Als je de hal inkwam, zag je een loket met een vrouw erachter. Papa kocht de kaartjes en maakte een praatje.

'Wat moest je nou weer met dat mens,' zei mama toen we doorliepen.

'Ik mag toch wel even een praatje maken?' zei papa.

'Bij jou blijft het alleen nooit bij een praatje,' zei mama. 'Ik zou maar een koude douche nemen als ik jou was.'

We kwamen bij twee deuren. Op de ene deur stond dames

en op de andere heren. Mama maakte de tas open en gaf papa een opgerolde handdoek. 'Denk erom, je schone ondergoed zit erin. Dat je het niet verliest met je verhitte kop.'

Papa haalde geïrriteerd zijn schouders op. 'Geef dat kind nou maar d'r handdoek, of wou je soms met z'n drieën in een cabine?'

'Alsjeblieft niet, zo'n pretje is dat niet.' Mama haalde snel mijn opgerolde handdoek uit haar tas.

'Zo,' zei papa toen we door de deur gingen. 'Jongens bij de jongens en meisjes bij de meisjes.'

Ik holde naar voren, maar bleef geschrokken staan. Voor de douches stond een lange rij. Ik rende snel naar papa toe. 'We moeten heel lang wachten.'

Papa leek niet erg onder de indruk.

'Echt waar, er staan een heleboel mensen,' zei ik.

'Rustig laten staan.' Papa sloot niet achter in de rij aan, maar liep door naar voren. Ik zag alleen maar mannen en jongens. Toen ik langskwam, hoorde ik gefluister en af en toe gegrinnik.

'Eigenlijk mag ik hier niet komen, hè pap?' vroeg ik zachtjes.

'Er mag zoveel niet.' Papa liep gewoon door en stapte op de badmeester af.

'Heb je nog een hokje voor deze twee jongens?' Hij haalde wat geld uit zijn portemonnee en duwde het in de hand van de badmeester.

De badmeester knipoogde naar papa. 'Komt goed.' Ineens zag hij mij. 'Dit is wel een vreemde jongen.' Hij keek lachend naar papa. 'Nou vooruit, ze is nog klein.'

Papa liep niet terug naar de rij. Hij bleef aan de zijkant staan.

Ik keek naar de lange gang met de granieten vloer. De rechtermuur was betegeld, maar aan de linkerkant zaten allemaal deuren. De deuren waren net zo hoog dat je er niet overheen kon kijken. Er kwam damp bovenuit. Je hoorde overal water plenzen en het rook naar zeep.

'Eenmaal stortbad!' riep de badmeester. Er stapte iemand uit de rij naar voren.

De badmeester liep door de gang. Hier en daar bonkte hij op een deur. 'Opschieten, het is tijd.'

Op één deur bonkte hij extra hard. 'Het is niet de bedoeling dat we hier overnachten.' Hij haalde een ijzeren sleutel uit zijn zak en stak hem in het slot. Het was meer een waarschuwing, want hij maakte de deur niet open.

Een eindje verderop kwam iemand naar buiten. De badmeester ging met een stok met een dweil erom de cabine in.

De man die vooraan stond wilde naar binnen gaan.

'Nog even geduld, die meneer daar gaat eerst.' De badmeester wees naar papa.

'Ga je mee?'

Ik liep vol verbazing achter papa aan de cabine in.

'Waarom hoeven wij niet te wachten?' vroeg ik.

'Dat is heel eenvoudig,' zei papa. 'Jouw vader hoeft nooit ergens op te wachten.' En hij draaide trots de deur op slot.

~

'Geef me maar gauw een zoen,' zei mama als ze ons naar bed bracht. 'Ik kan m'n kont niet keren in dit pishok.'

We hadden een kleine kamer. Onze bedden moesten haaks op elkaar staan, anders pasten ze er niet in.

Op straat hoorde ik de andere kinderen spelen.

'Iedereen is nog buiten,' zei ik. 'En wij moeten al naar bed.'

'Je hoeft echt niet jaloers te zijn,' zei mama. 'Er is niemand die op die kinderen let. Hun ouders weten niet eens waar ze uithangen, en het kan ze ook niks schelen. Al komen ze de hele nacht niet opdagen. Maar dat verwondert me niks. Je hoeft die mensen maar aan te kijken en je weet al genoeg. Je zult het misschien raar vinden wat ik nu zeg, maar de helft van dat zootje dat hier woont, zit later achter de tralies. Ga maar gauw slapen, anders komt er van jou ook niks terecht.'

Mama gaf ons een zoen en ging weg.

Ik dacht aan wat mama had gezegd. De helft, dat was wel veel. In mezelf noemde ik alle namen op en probeerde te bedenken wie er in de gevangenis terecht zou komen en wie niet.

Ik wist het niet. Maar één ding wist ik wel: Ada kwam nooit in de gevangenis.

We lagen al een tijdje in bed toen de deur van ons kamertje openging.

'Slapen jullie al?' vroeg papa.

Hij liep naar binnen en ging naast Elsje liggen. Dat deed hij wel vaker.

Hij hief even zijn hoofd op naar mij. 'Gezellig, hè?'

Maar ik vond het helemaal niet gezellig. Dat kwam door Elsje. Ze lag daar zo stil en haar adem klonk bang. Zonder geluid te maken, rolde ik me op m'n zij zodat ik papa kon zien. Hij lag heel dicht tegen Elsje aan met zijn ogen dicht. Maar hij sliep niet.

Na een tijdje hoorde ik voetstappen in de gang. Mama stoof ons kamertje binnen.

'Wat doe jij nou?' riep ze. 'Kom uit dat bed.'

'Mens, stel je niet zo aan,' zei papa. 'Ik mag toch wel even naast mijn dochter liggen, of is dat soms verboden?'

Mama gaf geen antwoord. Ze bleef net zolang in de deuropening staan tot papa opstond.

Toen hij weg was, bleef het een tijdje stil. Dat was altijd zo.

'Huil je?' vroeg ik aan Elsje.

Elsje zei niks. En ik vroeg ook nooit iets. Op die momenten was ik alleen maar blij dat papa deed alsof ik een jongen was.

~

We mochten met Ada mee naar zondagsschool. Dan hadden papa en mama zondagochtend rust en konden ze lekker lang uitslapen.

Mama had eerst wel goed geïnformeerd of het iets met de Jehova's te maken had, maar dat was niet zo.

'Dat had ik je ook wel kunnen vertellen,' zei papa. 'Die malloten hebben zondagochtend niet eens tijd. Dan moeten ze langs de deuren met dat achterlijke blad van ze.'

'*De wachttoren*,' zei mama. 'Hondsbrutaal zijn die lui. Je krijgt ze gewoon niet weg.'

'Deur voor hun smoel dichtgooien,' zei papa. 'Niet in discussie gaan.'

'Jij zegt het, maar vorige week was er een die zijn voet tussen de deur zette. Die dacht mij de baas te zijn in mijn eigen huis. Daar is-ie wel van teruggekomen. Ik heb zo de deur dichtgekwakt met zijn poot ertussen. Ik denk dat-ie het in het vervolg wel uit zijn hoofd zal laten. Wist jij trouwens dat wij ook Jehova's boven ons hebben?'

'Mevrouw De Vaal?' vroeg papa.

'Nee, driehoog, Van der Tocht. Die man is het wel aan te zien en dat mens ziet er niet uit.'

'Die kinderen zijn anders heel aardig,' zei papa.

'Voor zo lang als het duurt,' zei mama. 'Die worden toch helemaal kierewiet gemaakt. Die krijgen niks anders te horen dan dat de wereld vergaat.'

'Kan de wereld vergaan?' vroeg ik.

'Die mensen tarten het noodlot,' zei mama. 'Het is niet te hopen dat hun voorspelling uitkomt. Laten we het afkloppen.' Mama klopte met haar knokkels op de stoelleuning.

'Ongeschilderd hout moet je hebben.' Papa wees naar de onderkant van de tafel. 'Dit heeft geen nut.'

Ik probeerde me voor te stellen wat er zou gebeuren als de wereld verging. Zou dan iedereen doodgaan? Stel je voor dat ik alleen overbleef.

'De wereld mag niet vergaan,' zei ik.

'Dan moet je vooral niet op driehoog gaan spelen,' zei mama. 'Dan vraag je erom.'

'Het maakt allemaal niks uit,' zei papa. 'Of de wereld nou vergaat of niet, over honderd jaar hebben we allemaal een paardenkop en je moeder de grootste. Ga maar lekker naar zondagsschool. Vertel daar maar dat je vader ook heel gelovig is. Dat-ie een kruis in zijn broek heeft.'

'Wat nou kruis,' zei mama. 'Je bent in de war met de katholieken. Die slaan overal een kruis bij. Ze sparen ze ook, geloof ik. Kijk maar bij je nicht. Het hele huis is vergeven van de kruisen. Ja, dat is pas een fijn geloof. Stelletje misdadigers. Je neef is ook zo'n echte katholiek. Klaar ben je als vrouw. Jannie zweeft om de haverklap op de rand van de dood door die kerel. De dokter heeft hem nog zo gewaarschuwd, Jannie mag geen kinderen meer krijgen, maar daar schijnt hij niks mee te maken te hebben. Hij heeft alleen met de kerk te maken. Vier keizersneden heeft ze al achter de rug. Je kunt erop wachten tot ze erin blijft. Egoïst. En maar bidden. Zondags zit-ie de hele godganse dag in de kerk. Sinds ze die nieuwe buren hebben is het nog veel erger geworden. Die schijnen ook niks anders te kunnen dan naar die kerk op en neer hollen. Geen wonder dat die vrouw doodgaat. Weet je dat ze zes kinderen nalaat? Die stumpers zijn ook de dupe van dat rotgeloof geworden.'

'Die vrouw heeft kanker,' zei papa. 'Daar kan de kerk niks aan doen.'

'Jannie heeft geen kanker,' zei mama. 'Maar als Henk zo doorgaat, legt ze wel het loodje. Ik begrijp het echt niet. Ze hebben vier kinderen, alsof dat niet genoeg is. Alleen al de was, moet je je voorstellen, van zes man. Hij moet er zo nodig nog een paar bij maken. Jannie kan het nou al niet aan. En dan komt hij nog elke middag lunchen ook. Daar is ze helemaal klaar mee. Hij komt niet even een boterhammetje eten. Nee, de tafel moet uitgebreid gedekt zijn als hij binnenkomt. Meneer wil vers brood en ik geloof zelfs dat ze eieren moet bakken.'

'Wist je dat niet?' vroeg papa. 'Daar heeft de paus hem speciaal over opgebeld. Hij moet goed eten, anders kan hij geen kinderen maken.'

'Maak er maar weer een grap van,' zei mama. 'Moordenaars zijn het. En dat kan je van het christelijke geloof niet zeggen. Gerda is christelijk, die is doodgoed. Wist je dat ze allebei haar ouders heeft verpleegd tot het eind?'

'Ze bidt anders wel,' zei papa.

'Dat Gerda bidt, dat snap ik,' zei mama. 'Als je toch helemaal geen borsten hebt.'

'Ze gaan er toch echt niet van groeien,' zei papa. 'Ik snap die redeneringen van jou niet. Of je nou katholiek bent en je bidt, of je bent christelijk, het is allemaal voor dezelfde God hoor.'

'Christelijken zijn niet misdadig,' zei mama. 'En dat zijn de katholieken wel, dat kan je niet ontkennen. Die fokken maar aan.'

'Mooie kunst,' zei papa. 'Ga maar eens kijken bij de Bos en

Lommer, daar zit zo'n christelijke kerk. Dan zal jij eens zien wat daar naar binnen gaat. Die *zijefotsen* weten niet eens hoe ze kinderen moeten maken.'

'Ik kan net zo goed mijn mond houden,' zei mama. 'Jij trekt toch altijd partij voor de katholieken, alleen maar omdat ze katholiek is. Die is nogal goed voor je geweest. Ze heeft je zus en jou in een weeshuis gestopt. Dat moest zeker ook van de paus? Dan heb je toch geen geweten, als je zoiets doet. En ons wel met de kerst komen uitvreten. Dat bedoel ik nou, dat is weer echt katholiek.'

'Nee, dan jouw moeder,' zei papa. 'Je weet zelf ook wel dat zij ons gekoppeld heeft. En waarom? Om er zelf beter van te worden.'

'Mijn moeder is ook geen lekker dier.'

'Hè hè, we zijn er,' zei papa. 'Ze is dus wel christelijk.'

'Hoe kom je daar nou bij,' zei mama. 'Omdat ze honderd jaar geleden is gedoopt? Ze bidt alleen als het haar uitkomt.'

'Met jou valt dus echt niet te praten,' zei papa.

Buiten stonden Ada en Sylvia al op ons te wachten. Elsje liep voorop, naast Sylvia. Die woonde boven Ada op driehoog en ze was even oud als Elsje.

Ada noemde de vrouw van de zondagsschool juf, maar mama had gezegd dat het daar geen juffen waren. Juffen en meesters worden voor hun werk betaald. En deze mensen krijgen er niks voor. Ze staan daar eigenlijk een beetje voor de flauwekul. Maar ze mogen nog blij zijn, want op die manier is hun zondag wel gevuld. 'Zulke mensen leven alleen voor het geloof,' zei ze. 'Verder hebben ze niks in hun leven, helemaal niks. Door de zondagsschool komen ze toch nog met kinderen in aanraking. Zelf hebben ze geen kinderen.'

Mama had ons ook regels voorgeschreven. We mochten niet klakkeloos aannemen wat er werd gezegd. En we mochten niet bidden.

We hoefden niet ver te lopen, de zondagsschool was om de

hoek. Ada wist de weg precies, omdat de les in haar school was.

'Juf!' riep Ada toen we binnenkwamen. 'Zij komen voortaan ook mee, maar ze zijn niet christelijk.'

De vrouw gaf ons een hand. 'Ik ben juf Anja. Hartelijk welkom.' Ik keek haar aan, maar ze zag er niet zielig uit.

Ik knikte, omdat ik niet wist hoe ik haar moest noemen.

'Het geeft helemaal niks dat jullie niet christelijk zijn,' zei ze. 'Iedereen is hier welkom. God heeft een groot hart.'

Ada nam me mee naar het lokaal. Even leek het een gewone school. We zaten naast elkaar in de bank. Er was nog een man bij. Hij zag er ook al niet zielig uit. Ik vroeg me af hoe het kwam dat ze niks in hun leven hadden.

De vrouw heette iedereen welkom. Ze begon met een lied. We kregen een boekje waaruit we moesten zingen. De meeste kinderen kenden de liederen uit hun hoofd, maar Elsje en ik niet. We moesten heel snel lezen en tegelijk ook zingen. En dat terwijl we de wijs niet eens kenden.

Na het zingen ging de vrouw rechterop staan. Ze vouwde haar handen en sloot haar ogen, en toen begon ze hardop te bidden. Aan het eind dankte ze God dat hij hun twee nieuwe leerlingen had geschonken. Ik voelde me ineens heel belangrijk.

Het was maar goed dat mama ons had gewaarschuwd. De vrouw had het over de dag des Heren, ik wist wel beter, zondag was de dag van mama. Elsje en ik waren op zondag meestal vroeg wakker. Op de grond naast ons bed stond dan een schoteltje met lekkers. Er lagen drie dingen op, maar daar moesten we dan ook heel lang mee doen. Mama had het niet voor niks neergezet. Het was de bedoeling dat we net zolang in ons kamertje bleven tot papa ons kwam halen. Iedereen speelde allang buiten als wij met het lege schoteltje naast ons in pyjama voor het raam zaten. Mama legde uit waarom de ouders van die kinderen niet hoefden uit te slapen. Ze zei dat het voor hen elke dag zondag was en dat zij zes dagen per week voor ons in touw was, dag en nacht. Alleen op zondag niet, die was van haar.

De vrouw van de zondagsschool liet ons lichtbeelden zien. Ze gingen allemaal over Jezus. Ze vroeg of Elsje en ik weleens van Jezus Christus hadden gehoord. We knikten, want dat was ook zo. Mama riep wel tien keer per dag 'Jezus Christus'.

Het waren schitterende lichtbeelden. Ik vergat alles om me heen en luisterde naar elk woord. Ineens wist ik het zeker, mama vergiste zich. De vrouw die voor de klas stond was wel een juf. Alleen een juf kon zo mooi vertellen. Ze keek heel lief naar ons en dat kwam niet alleen omdat ze zelf geen kinderen had. De moeder van Ada keek soms ook zo.

Het was alweer bijna afgelopen. We moesten alleen nog bidden.

'Je hoeft je handen niet te vouwen als je het niet wilt,' zei de juf tegen Elsje en mij. 'God hoort je toch wel. Hij is er altijd voor je, als je hem tenminste binnenlaat. Dan kun je hem alles toevertrouwen, wanneer je maar wilt. Waar je ook bent, hij zal je altijd tot steun zijn.'

Ik luisterde met open mond. Ik voelde me veel lichter en alles leek veel minder kaal. Ik wilde het, ik wilde God binnenlaten. En toen deed ik iets waarvan ik wist dat het niet mocht. Ik vouwde mijn handen. Als Elsje me maar niet zou verraden. Ik keek opzij, maar Elsje had haar handen ook gevouwen. De juf knikte naar me. Ik zuchtte heel diep en toen sloot ik mijn ogen.

~

Het zag er niet naar uit dat we snel zouden verhuizen. Daarom mochten we van papa voortaan wel bij de kinderen van de straat thuis spelen. 'Je kunt het niet langer tegenhouden,' zei hij tegen mama. 'We wonen hier nou eenmaal.'

'Daar ben ik mooi klaar mee,' zei mama. 'Deze hele buurt is één grote bacteriehaard. We zullen alle zeilen bij moeten zetten om de ziektekiemen buiten de deur te houden. En dan is het nog de vraag of dat lukt.'

Het was om moedeloos van te worden, zei mama, maar we hoefden niet bang te zijn dat ze het bijltje erbij neer zou gooien. Ze ging de strijd aan. Hygiëne, daar ging het om. En daar had ze haar maatregelen voor getroffen.

Ik kreeg straatkleren, die ik moest aantrekken als ik buiten ging spelen. Elsje niet, die ging niet in vuile stinkportieken zitten met haar goeie kleren, zei mama.

Mama had de kleren zelf genaaid. Vol trots liet ze ze zien. 'Ze liggen tenminste niet na een paar keer wassen van ellende uit elkaar. En zelfs als je valt, komt er geen gat in. Het is ijzersterke stof.'

Ik kreeg al jeuk toen ik naar de harige stof keek. 'Ik wil niet voor gek lopen,' zei ik.

'Je hoeft er niet mooi uit te zien als je buiten speelt,' zei mama. 'En als je ze niet aan wil, dan is er maar één oplossing: binnenblijven.'

Mama had nog meer bedacht: handen wassen. Als we nog op de deurmat stonden, draaide ze de kraan al open.

Ook verbood ze ons ten strengste een kam van een ander te gebruiken, dan kregen we luizen. En onze nagels werden zo kort geknipt, dat er geen wit meer te zien was.

'Ik overdrijf niet,' zei ze. 'Ik wil alleen maar voorkomen dat jullie in het ziekenhuis belanden.'

Ik ging bij Olga spelen, een meisje van de overkant.

'Denk erom,' waarschuwde mama, 'je gaat daar niet op de wc-bril zitten. Als er iets gevaarlijk is, is het de wc-bril wel. Het wemelt er van de bacteriën. En die liggen allemaal op de loer. Ze wachten tot je gaat zitten en dan slaan ze toe. Dan kruipen ze bij je naar binnen. Je kunt er de ergste ziektes van krijgen, en daar is geen enkel medicijn tegen bestand. Je spieren kunnen ervan verlammen en dan kom je in een rolstoel terecht, net als die jongen in de straat.'

Ik schrok. Ik zat thuis altijd op de wc-bril.

'Hier kun je gerust gaan zitten,' zei mama. 'Niet alleen omdat ik de wc goed schoonhoud, maar daarna gaat er nog eens een flinke scheut bleek in de pot. En tegen bleek zijn die bacteriën niet opgewassen. Maar ik garandeer je dat ze dat aan de overkant niet doen. Die hebben nog nooit van bleekwater gehoord. Dat mens van Engel wast zichzelf amper, laat staan de wc. Wanneer je haar ook tegenkomt, ze ziet er altijd uit of ze zo uit bed is gestapt. En heb je haar regenjas weleens gezien? De maden kruipen eruit. Logisch dat die man de zee op is gegaan.'

'Maar Olga dan en de andere kinderen in de straat?' vroeg ik. 'Waarom worden die dan niet ziek?'

'Die kinderen liggen al vanaf hun geboorte in het vuil,' zei mama. 'Die zijn immuun geworden, maar voor jullie is het levensgevaarlijk.'

Ik hoorde het aan de slippers op de trap. 'Dat is Olga,' zei ik.

Mama duwde me zowat de deur uit. 'Schiet alsjeblieft op, voordat ik dat kind binnen krijg.'

'Jullie hebben elkaar wel gevonden, hè?' riep mevrouw Overwater toen Olga en ik het portiek uitkwamen. Mevrouw Overwater hing wel vaker uit het raam. Dan kon ze zien wie er allemaal hun fietsenstalling in- en uitgingen. Ze had een speciaal kussen dat in het raam lag. Dat lag er altijd, ook als ze boodschappen deed of even naar binnen was. Alleen als het begon te regenen haalde ze het weg, en 's nachts, als ze het raam dichtdeed.

Iedereen mocht haar, ze was altijd heel aardig. En ze zag alles. Als we ruzie hadden wist ze wiens schuld het was. Ze gooide ook weleens snoep uit het raam. 'Eerlijk delen,' zei ze dan. Ze was bevriend met de buurvrouw naast haar. Dat kon je zien, omdat ze vanuit hun raam met elkaar spraken. En soms hingen ze samen uit hetzelfde raam, op een kussen. Daar werd ik altijd blij van.

Olga woonde eenhoog. Ik wilde de deur naar de straat dichtdoen, maar Olga zei dat hij juist open moest blijven. Dan hoefde ze niet steeds aan te bellen. Op de trap naar Olga's huis lag geen loper en er kwam een heleboel gegil uit haar huis.

Olga zuchtte. 'Mijn zus heeft weer eens ruzie met mijn moeder.' Ze liep naar binnen.

'Hier met mijn portemonnee.' De moeder van Olga rende achter Olga's zus aan. Ze was een kop groter dan Olga. 'Denk erom, Annie,' riep Olga's moeder. 'We gaan nu geen koekjes kopen. Geef mijn portemonnee terug.' Ze pakte haar dochter vast.

Annie draaide zich om, gaf haar moeder een klap en smeet de portemonnee op de grond. Daarna keek ze mij aan.

Ik vond haar eng.

'Wat heb jij stomme kleren aan.' Annie begon te lachen.

'Dat zijn mijn straatkleren,' zei ik.

'We gaan verstoppertje spelen.' Annie pakte Olga en duwde haar met haar gezicht tegen de muur. 'Jij moet aftellen.'

Olga begon te tellen. Ik wist niet zo gauw waar ik me moest verstoppen. Ik kende het huis helemaal nog niet. Ik keek de kamer rond. Op het behang was met kleurpotlood gekrast. En waar bij ons een kleed lag, zat een groot gat in het zeil. Ik wilde me achter de gordijnen verstoppen, maar er hingen geen gordijnen.

'Hier vindt ze je nooit.' Annie duwde me in een kast en draaide de sleutel om. Ik hoorde haar weghollen.

'Annie, geef hier!' riep haar moeder.

Olga hield op met tellen en werd kwaad. 'Pestkop.'

Ik voelde mijn hart harder kloppen. Hoe kwam ik ooit uit die kast?

'Au kreng, je krabt. Mama help!' riep Olga.

Intussen bleef de kast maar dicht.

'Vooruit dan maar,' hoorde ik Olga's moeder zeggen. 'Ga dan maar koekjes kopen, maar eerst die sleutel inleveren.'

Er werd iets op het zeil gesmeten.

Tot mijn grote opluchting maakte Olga de kastdeur open. Met een knalrood hoofd kwam ik de kast uit. Ik kon het bijna niet meer houden en moest van de zenuwen plassen. Ik rende naar de wc, trok mijn broek naar beneden en ging zitten.

Midden onder het plassen ging er een schok door me heen. Ik zat op de bril! Terwijl ik doorplaste ging ik omhoog, maar dat maakte al niks meer uit, ik had op de bril gezeten. Ik trok mijn broek omhoog en bleef staan. En toen voelde ik het. Er kroop iets naar binnen. Dat moesten de bacteriën zijn, ze kropen steeds hoger.

Olga had een puzzel klaargelegd, maar ik wilde niet meer spelen, ik had buikpijn.

'Ik ga.' In paniek rende ik naar huis.

'Handen wassen!' riep mama.

Ik bleef staan. 'Ik heb buikpijn.'

'Je hebt daar toch niks gegeten?' vroeg mama geschrokken. Ik schudde mijn hoofd.

'Wat heb je dan? Zeg op, wat is er gebeurd?' Mama schudde aan mijn arm.

'Ik ben op de wc-bril gaan zitten.'

'Jezus Christus nog aan toe!' Mama liep met haar handen in haar haren door de gang heen en weer. 'En ik heb je nog zo gewaarschuwd. Denk erom dat je hier niet naar de wc gaat, ik moet eerst iets kopen om de boel te ontsmetten, anders krijgen wij het ook. Je weet hoe bevattelijk ik ben, als ik ziek word is het jouw schuld.'

De pijn in mijn buik werd steeds erger. En ik werd er nu ook misselijk bij.

'Ik moet spugen!' huilde ik.

'Eerst die stinkkleren uit.' Mama scheurde ze bijna van mijn lichaam. Ze pakte ze met een paar vingers vast, hield ze een heel eind bij haar vandaan en gooide ze op het balkon.

'Ik ga ontsmettingsmiddel halen voor je ons allemaal aansteekt.' Mama trok haar jas aan en ging weg.

Ik deed mijn gewone kleren aan en ging in de kamer in de stoel zitten. Mijn buik deed heel erg zeer en de pijn kroop omhoog. Zo meteen zaten de bacteriën bij mijn hart. Ik was doodsbang en hield het niet meer uit in mijn eentje. Ik moest naar iemand toe. Ineens wist ik het. De moeder van Ada zou me vast helpen, die liet me niet zomaar doodgaan.

'Ach, meisje toch,' zei ze toen ik haar vertelde wat er was gebeurd. 'Daar gaan we gauw iets aan doen.'

'Mama zegt dat er geen medicijn voor bestaat,' zei ik.

'Nee.' De moeder van Ada haalde wat theeblaadjes uit de kast. 'Dit is geen medicijn, het is een geneeskrachtige thee. Je zult zien dat het helpt.'

Ik dronk de thee op. Ada's moeder had gelijk. De pijn werd langzaam minder.

'Ga nou maar weer vlug naar huis, anders wordt je mama

ongerust. En eh... vertel maar niks.'
 'En?' vroeg mama toen ik thuiskwam.
 'Het is over.'
 'Gode zij dank,' zei mama. 'Je bent door het oog van de naald gekropen. Laat dit een les voor je zijn.'

~

Ik had al een tijdje pijn in mijn zij.

'Dat zijn de zenuwen,' zei mama. 'Deze buurt werkt bij ons allemaal op onze zenuwen.'

Toen ik naar de wc ging en mijn plas wilde doortrekken schrok ik.

'Mam!' riep ik. 'Mijn plas is donkerbruin.'

Mama kwam aangerend. 'God zal me bewaren. Er zit bloed in je plas. We moeten morgen meteen naar de dokter.'

Het was pas vier uur, maar ik mocht niet meer naar buiten.

Mama nam geen enkel risico. Ik moest tot het avondeten in de stoel blijven zitten en zo weinig mogelijk lopen. Na het eten moest ik meteen naar bed.

De volgende ochtend maakte mama mij al vroeg wakker. 'Opstaan, we moeten naar de dokter.'

Ik snapte er niks van. Elsje lag ook nog in bed en die stond altijd gelijk met papa op om zijn ontbijt te maken. Hadden we hem dan alletwee niet horen weggaan? Ik keek naar buiten, maar de auto stond nog voor de deur en nergens in de straat brandde licht.

'We hebben onze tijd hard nodig, kom gauw mee.' Mama duwde me de keuken in.

Ik schrok toen ik mijn voeten op het zeil zette. 'Koud, het kacheltje moet aan.' Dat was ik gewend, papa deed altijd het kacheltje aan als we ons 's ochtends moesten wassen.

'We hebben geen tijd voor kacheltjes,' zei mama. 'Niet zeuren. Ik ben voor dag en dauw opgestaan omdat jij naar de dokter moet. Ik was echt liever in mijn bed gebleven.'

Ik bibberde en dook weg in mijn pyjama, maar die moest juist uit. Mama nam mij aan mijn hand mee naar het aanrecht en draaide de kraan open. Ik keek naar het ijskoude water dat in de gootsteen stroomde. We hadden geen warm water.

Mama stak haar hand in de washand, hield hem onder de kraan en deed er zeep aan.

'Niet doen,' zei ik. 'Dat is veel te koud. Papa zet altijd een keteltje water op, dat is veel lekkerder.'

'Je vader kan er beter voor zorgen dat we een boiler krijgen, maar daarop kan ik wachten tot ik een ons weeg. Hij verdient het zout in de pap niet.'

Ik kon niks terugzeggen. Mama duwde een ijskoude washand met zeep in mijn gezicht. Ik kneep mijn lippen op elkaar, maar toch proefde ik zeep. Nog geen tel later begonnen mijn ogen te prikken. Ik hield mijn ogen dicht en stak mijn hand uit. 'Ik wil een handdoek.'

'Hou alsjeblieft op,' zei mama. 'Zo'n pretje is dit niet. En dan mag ik straks ook nog in de wachtkamer van de dokter gaan zitten. Als ik ergens een hekel aan heb zijn het wachtkamers. Het is net een kruisverhoor, ze vragen je het hemd van je lijf.'

Mama waste mijn nek. 'Het is goed dat ik het nou eens zie. Je nek slaan jullie zeker altijd over. Wil je zien wat ik eraf haal?' Ze hield de washand onder mijn neus, maar ik keek niet, want mijn ogen prikten nog steeds.

'Het is mij een raadsel wat jullie daar in het badhuis doen, maar met wassen heeft het niks te maken.' 'Welles!'

Ik mocht altijd eerst onder de douche van papa en dan zeepte hij me in. Dan stond hij voor me met zijn spierwitte lijf en zijn witte benen die uit zijn onderbroek staken. Het elastiek van de pijpen zwabberde om zijn dunne benen. Daardoor glipte zijn piemel tussen zijn pijpen door. Als hij me inzeepte, schommelde hij heen en weer. Ik wilde er nooit naar kijken, maar toch deed ik het. Als papa dicht tegen me aan stond, voelde ik soms iets zachts. Het moest zijn piemel zijn, dat wist ik zeker. Omdat ik het een eng gevoel vond, ging ik gauw aan iets fijns denken. Dan dacht ik aan de moeder van Ada. Ik dacht steeds vaker aan de moeder van Ada.

Als ik afgedroogd en aangekleed was, moest ik op het krukje achter het muurtje gaan zitten. Van daaruit kon ik papa niet zien. Hij hing zijn handdoek over het muurtje zodat hij die kon omdoen als hij klaar was, want ik mocht zijn piemel niet zien. Als ik daar zat, kwam er altijd een hand met een onderbroek om het muurtje heen. Papa liet de onderbroek vallen en dan zag ik de gele plekken. Eén keer ging ik er met mijn neus heel dichtbij en toen rook ik pies. De onderbroek kwam ook weleens op mijn voet terecht en dan trok ik mijn voet er pijlsnel onderuit. Als hij daar lag, wist ik dat papa in zijn blootje onder de douche stond. Hij zong erbij. Het waren vaak gekke rijmpjes die hij zelf had gemaakt op een bekend wijsje. 'Er was eens een vrouw uit Reeë die viel van driehoog naar beneeë.' En dan stopte het zingen ineens, maar ik hoorde hem wel zepen. Nou zeept hij zijn piemel in, dacht ik dan. Ik telde hoe lang het duurde. Meestal nam het dertig tellen in beslag, maar één keer waren het er wel vijftig voor hij weer verder zong. Toen was zijn piemel vast heel vies. Ik keek naar zijn onderbroek, maar die lag zo dat ik het kruis niet kon zien. Ik ging op de punt van de kruk zitten en probeerde hem met mijn voet om te draaien, maar het lukte telkens niet. Ik had het bijna voor elkaar toen papa met zijn handdoek omgeslagen onder de douche vandaan kwam.

'Ziezo, deze twee jongens zijn weer schoon.' Dan kleedde hij zich aan en deed de vuile onderbroek in de tas.

Mama boende mijn nek en daarna waren mijn buik en mijn rug aan de beurt. Mijn huid brandde. Met een puntje van de handdoek ging ze in mijn navel. Ik moest ervan giechelen.

'Sta alsjeblieft stil. Het is toch al zo'n rotwerk. Je hebt me wel iets moois geleverd. Hoe kom je nou weer aan bloed in je plas? Benen wijd.' Mama ging met de washand tussen mijn benen.

'Au!' riep ik. 'Het doet zeer.'

'Van onderen moet de dokter juist zijn,' zei mama. 'Het is belangrijk dat je daar schoon bent.'

'Je hoeft het toch niet zo hard te doen, het prikt heel erg.' Van de schrik deed ik mijn benen dichter bij elkaar.

'Je moet schoon worden,' zei mama. 'Of wil je soms dat de dokter je daar houdt. Dat gebeurt er met vieze kinderen. Die laat hij een paar dagen weken in de kelder in een bad met chloor. Dat prikt pas.'

Ik deed mijn benen gauw weer van elkaar.

'Pas op mijn knie,' zei ik toen mama omlaag ging. 'Daar ben ik op gevallen hoor.'

Het was al te laat. Het korstje had ze er al afgeschrobd en mijn knie bloedde. Ik begon te huilen.

'Hou op,' riep mama. 'Ik krijg nog genoeg uit te staan vandaag. God weet wat je mankeert. Misschien kan ik nog wel helemaal met je naar het ziekenhuis.' Met een ijskoude washand waste ze de zeep eraf.

Ik klappertandde. Ik wist niet of het van de kou kwam of van het ziekenhuis.

Eindelijk droogde ze me af. Ik moest met mijn voeten op een handdoek gaan staan, anders werden ze weer vies. Toen snapte ik er niks meer van. Ik kreeg een schone onderbroek, op dinsdag. Op woensdag kregen we altijd schoon ondergoed. Dat vond ik juist zo erg. Dinsdagmiddag hadden we gym en dan zat er soms een bruine vlek in mijn onderbroek. Maar ik kreeg nooit een schone. Op woensdag pas, dat was de regel en daar week mama niet van af. 'Ik was al genoeg,' zei ze.

Ik trok altijd heel snel mijn gymbroek eroverheen zodat niemand het zag. Maar soms zagen ze het wel en dan lachten ze me uit. En nu kreeg ik zomaar een schone onderbroek, alleen omdat ik naar de dokter moest.

We waren zo vroeg dat de dokter nog niet eens begonnen was. De deur stond al wel open en de assistent was er ook.

We gingen de wachtkamer in, maar er zat nog niemand.

'Goddank, we zijn de eersten.' Mama pakte mijn arm. 'Denk erom dat je je niet laat uithoren als er straks mensen komen. Het gaat niemand iets aan waarvoor we hier zijn.'

'Ik heb toch bloed in mijn plas?' vroeg ik.

'Ssst...' Mama keek naar de deur, maar niemand had het gehoord.

We zaten er al een tijdje toen de deur van de wachtkamer openging. Er kwamen een paar mensen tegelijk binnen. Mama pakte gauw een tijdschrift. Ik kroop wat dichter naar haar toe, zodat ik mee kon kijken, maar ze hield het tijdschrift zo dat ik niks kon zien. Ik luisterde naar de gesprekken in de wachtkamer. De andere mensen kwamen allemaal voor iets wat je wel mocht vertellen.

Eén vrouw lachte naar me. 'Moet je niet naar school?' vroeg ze.

'Nee,' zei ik. 'Ik moet naar de dokter.' Ik wist dat ik niks mocht zeggen en hield mijn mond.

'Wat heb je dan?' vroeg de vrouw

'Kom mee, we zijn zo aan de beurt.' Mama nam me mee naar de gang. 'Zie je nou dat ik je niet voor niks heb gewaarschuwd?' De spreekkamer ging open. De dokter stak zijn hoofd om de deur. 'Komt u maar.'

'Jij blijft even hier.' Mama ging naar binnen en deed de deur dicht.

Na een paar minuten kwam de dokter me halen. 'Laat je maar eens bekijken.' Ik moest me uitkleden en op een tafel gaan liggen. De dokter onderzocht me. Af en toe drukte hij ergens op en dan moest ik zeggen of het pijn deed.

'Au!' riep ik ineens toen hij in mijn zij drukte.

'Kleed je maar weer aan en daarna mag je een plas doen.'

Mama vloog op. 'Nee hè dokter, ze hoeft nu toch geen plas te doen? Dat kan niet. Ik heb haar net een plas laten doen. Ze moeten bij mij altijd een plas doen voor ze weggaan. Wat dom van me. Ik had het kunnen weten. Ik heb overal aan gedacht en uitgerekend hier niet aan.'

De dokter zette een po achter een gordijn. 'Probeer maar.'

Ik ging zitten en probeerde te plassen.

Mama bukte. 'Het kan nooit dat je nu een plas moet. Het is mijn schuld, jij kan er niks aan doen. Ik kan mezelf wel voor mijn kop slaan. Het lukt echt niet, hou er maar mee op.'

Ik wilde opstaan.

'Blijf nog maar even zitten.' De dokter draaide de kraan open. Ik hoorde het water in de wasbak kletteren en toen kwam er een plas.

'Goed zo.' De dokter nam de po mee. 'U mag even op de gang wachten.'

Aan het eind van de gang was een apotheek. Ik raakte met mijn vingertop het bakje van de weegschaal aan. Het bewoog.

'Overal afblijven!' zei mama.

Het duurde even en toen ging de deur van de spreekkamer weer open. De dokter wenkte mama dat ze moest komen. Ik keek om me heen. Verderop zag ik een trap. Hij liep naar beneden, naar de kelder. Zouden er nu kinderen zitten weken? Ik luisterde boven aan de trap, maar ik hoorde niks. Ineens ging de deur van de spreekkamer open. Mama stond al in de gang. 'Kom mee.' Ze pakte mijn hand en liep naar buiten.

'Wat heb ik?' vroeg ik.

'Vraag maar niks,' zei mama. 'Eerst maar zorgen dat we thuiskomen. Ik sta te trillen op mijn benen. Kom maar gauw, zo meteen beginnen de scholen en dan kan ik al die moeders nog tekst en uitleg geven ook.'

Ik liep naast mama. Af en toe keek ik opzij. Mama zag eruit of ze elk moment kon gaan huilen. Ik moest vast naar het ziekenhuis. Ik moest geopereerd worden. Laura uit mijn klas was ook geopereerd. Ze hadden in haar buik gesneden om haar blindedarm eruit te halen. Ze kreeg een kapje op haar gezicht dat heel erg stonk en toen sliep ze. Ik kreeg vast ook zo'n kapje en dan gingen ze in mijn zij snijden. Ik vond het eng. Ik schopte een knikker weg die op de stoep lag. Zodra we thuis waren moest ik het weten. 'Ik moet naar het ziekenhuis, hè?' zei ik.

'Dat nog net niet,' zei mama. 'Je hebt een ernstige nierbekkenontsteking. En weet je wat dat inhoudt? Dat je zes weken in bed moet liggen.'

Geen stinkkapje. Ik zuchtte opgelucht.

'Zes weken in bed,' zei mama. 'En je mag er helemaal niet uit. Dat is toch niet te doen? Een week is al lang, maar moet je je voorstellen, zes weken. Dan ga je toch malen?'

'Ik kan toch lezen,' zei ik.

'Kind, je weet niet wat je zegt. Je kan toch niet zes weken lezen. En dan mogen we nog hopen dat je beter bent. Ik heb er een hard hoofd in. Als je er maar niks aan overhoudt. Je bent nog zo jong.'

'Wil je dan een boek bij de bibliotheek voor me halen?' vroeg ik.

'Daar heb ik geen tijd voor. Ik weet toch al niet hoe ik het moet bolwerken. Je mag geen korrel zout. Ik zal apart voor je moeten koken, elke dag. En dan moet ik ook nog helemaal naar de Elisabeth Wolfstraat lopen. Daar is de enige winkel waar ze zoutloos brood verkopen. En ik heb niet alleen brood nodig, in bijna alles zit zout. Dat wordt een gesleep!'

'Dan leg ik wel een puzzel,' zei ik.

'In bed kan je toch niet puzzelen. Nee, ik ben niet voor niks zo geschrokken. Het wordt een afschuwelijke tijd. Maar het belangrijkste is dat je weer helemaal beter wordt, anders moet je alsnog naar het ziekenhuis. Je moet me beloven dat je niks achter mijn rug om eet. Overal zit zout in. Het is vergif voor je, dat heeft de dokter gezegd.' Mama nam me mee naar mijn kamer. 'Kleed je maar gauw uit.'

Ik keek naar het schoolbord dat naast de speelgoedkast stond. Als ik het bord uit het frame schoof, kon ik er mijn puzzel op leggen.

~

Elke keer was ik blij als het etenstijd was. Dan ging de deur van mijn kamertje open en kwam mama binnen.

'Ga maar rechtop zitten.' En ze zette vol trots een blad met eten erop naast mijn bed.

'Het is me weer gelukt,' zei ze dan. 'Maar vraag me niet hoe. Het is dat ik zo doortastend ben. Je wordt geflest waar je bij staat.' Zelfs in de winkel waar ze zoutloze spullen verkochten. Mama vroeg of ze beschuit hadden. Dat bleef langer vers en dan hoefde ze niet elke dag dat eind te lopen voor een brood. 'Natuurlijk hebben we dat,' zei de winkelier. De rol lag al bij de boodschappen. Maar mama, die nooit over één nacht ijs ging, inspecteerde hem zorgvuldig. En daar stond het, in grote letters. Voor een zoutarm dieet. En dat mocht helemaal niet. Ik moest volkomen zoutloos eten en dat was wel even iets anders.

'Het is dat ik nergens anders zoutloos brood kan krijgen,' zei mama. 'Anders ging ik er nooit meer heen. Nachtmerries heb ik ervan. Maar ga jij maar lekker eten.'

'Blijf je even bij me?' Ik probeerde het elke keer, maar dat kon niet. Mama had er een dagtaak aan om mij te verzorgen. En dat had ze er zo even bij gekregen, van de ene dag op de andere. Er was niemand die haar iets uit handen nam. Het was niet alleen die hele rompslomp rond mijn eten, maar ze moest ook tussen de bedrijven door wassen. Ik had maar twee pyjama's. Ze kon me toch niet de hele week in dezelfde pyjama laten liggen. Papa had makkelijk praten. 'Koop er een bij,' had-ie gezegd. Maar als ik straks beter was, wat dan? Dan lag dat ding voor nop in de kast en dat was zonde. Trouwens, waar haalde ze zo gauw een leuke pyjama vandaan? Ze had echt geen tijd om de hele stad af te zoeken.

'Er is niks aan te doen,' zei ze. 'Je moet jezelf maar redden.' En ik moest het ook weer niet overdrijven. Het was halftwee, over ruim vier uur kwam papa alweer bij me zitten.

Zodra papa thuiskwam, liep hij mijn kamertje binnen.

'Even de krant lezen bij mijn zieke kind,' zei hij dan. 'Hoe is het met mijn jongen?'

En dan ging hij op de kruk naast mijn bed zitten. Ik luisterde naar z'n ademhaling en naar het geritsel van de krant. Jammer genoeg had hij hem heel snel uit.

De rest van de dag lag ik maar wat. Ik wist precies wat er in ons kamertje stond en waar, met mijn ogen dicht. Hoeveel ruitjes er in het gordijn zaten en aan hoeveel haken het hing. En dat er bij de derde plooi een haak ontbrak. Ik wist dat er driehonderdeenennegentig poppetjes op het behang stonden en dat er zeven kale plekken in het zeil zaten en een gat.

Een heel enkele keer ging de bel. Dat vond ik het spannendst. Mijn kamertje lag vlak naast de buitendeur. Als ik me heel stil hield, kon ik alles horen.

Eén keer kwam Ada aan de deur. Ze kwam op ziekenbezoek, maar mama zei dat dat te druk voor me was. Ada had een appel en een banaan voor me meegenomen, maar ik kreeg ze niet te zien. Toen mama de krant eromheen zag, wist ze genoeg. Ze wilde niet dat ik ook nog eens een voedselvergiftiging opliep, dan werd ze gek. En als ze dat fruit op de schaal zou leggen, stak het onze kostbare vruchten maar aan. Ze had het meteen in de vuilnisbak gegooid. Maar hoe wist Ada dat ik ziek was? Er was er maar één die haar mond voorbij had kunnen praten en dat moest Elsje zijn.

Toen Elsje uit school kwam, kreeg ze op haar kop.

'Je hoeft niet rond te bazuinen dat je zusje ziek is. Dat gaat niemand iets aan. Nu was het Ada die voor de deur stond, maar zo meteen staat de hele zwik bij me op de stoep.'

Elsje begon te huilen. Het kwam door de moeder van Ada, die had naar mij gevraagd.

Mama werd kwaad. 'Een kind uithoren, wat denkt dat mens wel.' Ze zei nog veel meer, maar ik wilde alleen maar denken aan de lieve dingen die de moeder van Ada over mij dacht.

Ik kreeg ook een ansichtkaart van de klas. 'Jij moet 'm voorlezen,' zei ik. Maar mama hield niet van voorlezen.

Ik las 'm zelf en was er trots op. Ik wilde dat mama hem ook las.

Mama zuchtte. 'Geef dan maar hier.' Ze pakte de kaart. 'Lief hoor.' Ik wist niet dat iemand zó snel kon lezen.

Ze zette de kaart op de speelgoedkast. 'Dat is een stomme plek,' zei ik. 'Dan moet ik me helemaal omdraaien als ik hem wil zien.'

'Dan verveelt hij tenminste niet zo gauw,' zei mama.

~

Ik wist niet waar ik wakker van was geworden: van de bel of van mama die vloekend naar de deur liep.

Toen ik haar stem hoorde, wist ik het meteen. Het was juf Anja van zondagsschool. Voor het eerst vond ik het fijn dat ik ziek was.

'Ik heb van Elsje gehoord dat uw dochter een ernstige nierbekkenontsteking heeft,' zei juf Anja. 'Ik heb wat sinaasappels voor haar meegebracht.'

'Ze slaapt,' hoorde ik mama zeggen. 'Als ze wakker is, zal ik ze aan haar geven.'

Ik moest snel zijn, anders was de deur alweer dicht.

'Nee, ik slaap niet!' riep ik.

Door de gang klonk juf Anja's lach. 'Mag ik haar even gedag zeggen?'

Voordat mama haar kon wegsturen, begon ik te roepen. 'Juf Anja, u moet mijn ansichtkaart zien.'

'Even dan,' zei mama en ze deed de deur van mijn kamertje open.

Juf Anja stapte naar binnen. Ze had twee vlechten om haar hoofd gebonden. Dat kon alleen maar omdat ze niks anders in haar leven had. Mama zei altijd dat het een heidens werk was. Ze had ook een jas aan waar je volgens mama niks in leek, maar juf Anja leek er heel lief in.

'Hoe is het met je?' vroeg ze. 'Ik heb sinaasappels voor je meegebracht. Ik zal ze hier neerleggen.' En ze legde ze op de speelgoedkast.

Ik mocht ze gelukkig eten. Er zat een zak om en geen krant.

'Dank u wel,' zei ik. 'Ik heb net een kaart van de klas gekregen.' Juf Anja ging op het krukje naast mijn bed zitten.

'Wat een mooie kaart.'

'U mag 'm wel lezen.'

Juf Anja draaide de kaart om en las. Ze kon lang niet zo snel lezen als mama.

'Ze missen je wel.' Ze zette de kaart terug. 'Nou, wij missen je ook hoor.'

'Ik wil weer naar zondagsschool,' zei ik.

'Je moet geduld hebben,' zei juf Anja. 'Dat komt vanzelf, als je weer beter bent.'

'En als ik niet beter word?' vroeg ik.

'Natuurlijk word je beter,' zei juf Anja. 'Je moet vertrouwen hebben.'

'Mama zegt dat ze er een hard hoofd in heeft,' zei ik.

'Moeders zijn altijd bezorgd,' zei juf Anja.

'Maar mijn plas is nog steeds bruin, en mama zegt dat het allang goed had moeten zijn.' Ineens werd ik bang. Stel je voor dat ik echt niet beter werd en dat ik altijd in bed moest blijven.

Juf Anja boog naar me toe. 'Zullen we God vragen of hij jou beter maakt?'

Ik keek naar de deur die openstond.

'Het kan ook heel zachtjes,' fluisterde juf Anja.

Ik vond het eng, mama kon elk moment binnenkomen. Als ze zag dat ik bad, mocht ik nooit meer naar zondagsschool. Maar ik wilde beter worden.

Juf Anja kwam op m'n bed zitten. Ik keek naar haar jas. Daar had ze ook mee in de tram gezeten en dat vuil kwam nu aan mijn deken. Toch vond ik het niet erg. Van het vuil van juf Anja kon ik nooit ziek worden.

'Toe maar,' zei juf Anja. 'Vouw je handen maar.'

Ik deed het en toen legde ze haar handen erop. Ineens werd ik heel warm. Dat kwam doordat God in juf Anja zat, en dus ook in haar handen. Ik wist zeker dat als ik nu een plas deed, dat hij niet donkerbruin zou zijn.

'Sluit je ogen maar,' zei ze zachtjes.

Ik schudde geschrokken mijn hoofd. Dat kon echt niet. Ik durfde wel te bidden, maar dan moest ik de deur in de gaten houden.

Juf Anja kon niet weten hoe zacht mama's sloffen liepen.

'God let wel voor je op, geef je maar aan hem over. Toe maar.' Ze knikte naar me en toen sloot ik mijn ogen.

'Heer,' fluisterde ze. 'Dit is een heel dapper kind. Ze durft zich aan u toe te vertrouwen. Zou u haar alstublieft beter willen maken?'

Even bleef het stil.

'Voel maar,' fluisterde ze. 'God is nu bij ons.'

Ik probeerde het, maar ik kon niet zo goed voelen. Ik dacht de hele tijd aan de deur.

Juf Anja zei een gebed dat ik niet goed kon volgen. Ik gluurde stiekem door mijn oogharen naar de deur.

Eindelijk was ze klaar. 'Dank u Heer,' fluisterde juf Anja.

Ik deed gauw mijn ogen open.

'Hij heeft ons gebed gehoord,' zei juf Anja. 'Heb vertrouwen, het wordt vast verhoord.' En toen liet ze mijn handen los.

Ik zuchtte opgelucht. Het was gelukt, mama had niks gemerkt. Maar juf Anja stond niet op, ze bleef maar op mijn bed zitten. Ik durfde er niks van te zeggen. Ineens hoorde ik voetstappen. Ga van mijn bed, dacht ik, mama mag het niet zien. En toen stond juf Anja op, zonder dat ik iets had gezegd.

'Ik ga weer, lief kind. Ik kom gauw weer een keer naar je kijken.' Juf Anja lachte naar me. Ze gaf me geen zoen, maar het voelde wel zo.

Zodra ze mijn kamertje uit was, deed ik mijn handen onder de dekens. Ik vouwde ze en sloot mijn ogen. 'Lieve Heer,' zei ik zachtjes. 'U wist het hè, van die jas. Hartstikke bedankt.'

Voor ik er erg in had, stond mama naast mijn bed. Ik deed snel mijn ogen open, maar ze had het al gezien.

'Je bent moe, hè? Dat mens heeft je uitgeput. Ik ben ook gek ook, ik had haar niet binnen moeten laten. Het ging net zo goed en nu ben je weer een eind achterop geraakt. Je bent nog veel te zwak voor dat gezemel. Die sinaasappels neem ik wel mee.'

'Mag ik er een?' vroeg ik.

'Nu niet,' zei mama. 'Je moet slapen. Je ogen vielen net al dicht.'

Dit vond ik nou dom van God. Waarom had hij me niet even gewaarschuwd?

~

Mijn plas werd steeds lichter. Ik was alweer op en mocht van de dokter na de kerstvakantie weer naar school.

'Als jij niet beter was geworden, weet ik niet wie er dan wél beter zou worden,' zei mama. 'Je hebt hier een eersteklas verzorging gehad. Daar kan geen ziekenhuis tegenop. Ik was dokter en verpleegster tegelijk. En jij lag hier als een prinses in bed. Zeg eens eerlijk, heb jij er iets van kunnen merken dat je al die tijd zoutloos hebt gegeten? Dat bestaat niet. En weet je waar dat door komt? Omdat ik van elke maaltijd iets lekkers heb weten te maken. Dat komt omdat ik op de huishoudschool heb gezeten. Ik heb dan wel jaren onder die serpenten moeten lijden, maar daar plukken jullie nu de vruchten van. Ik heb er wel leren koken. En goed eten is het beste medicijn. Als je ergens anders had gewoond, lag je nu nog steeds op apegapen. Misschien was je dan wel helemaal nooit beter geworden, dan was het chronisch. En als iets eenmaal chronisch is, kom je er je hele leven nooit meer van af. Moet je je voorstellen, je nieren. Als die niet werken begin je niks.'

'Ik ben nu beter,' zei ik.

'Ik wil me niet op mijn borst slaan,' zei mama, 'maar dat komt door mij.'

Ik knikte, maar ik dacht stiekem dat het ook door het bidden kwam. Juf Anja en ik hadden God gevraagd of hij mij beter wilde maken. En ons gebed was verhoord.

Mama zette me op de weegschaal. Ze schrok van hoeveel ik was afgevallen.

'Daar gaan we meteen iets aan doen.' En in plaats van het zondagse beschuitje met suiker, kreeg ik havermout.

Ik zag het zodra ik met mijn lepel door de pap roerde. Mama moet ziek zijn geweest op de dag dat ze op de huishoudschool pap hadden leren koken. Er zaten klonten in.

'Je kan je pap allang eten,' zei mama. 'Die is niet meer zo heet.'

'Er zitten klonten in.'

'Klonten? Dat bestaat niet,' zei mama. 'In mijn pap zitten nooit klonten.'

'Kijk maar.' Ik hield mama een lepel voor.

Ze draaide haar hoofd weg. 'Ik hoef het niet te zien. Ik heb die pap zelf gemaakt. Als iemand weet hoe die eruitziet ben ik het wel.'

Er was geen ontkomen aan. Ik kokhalsde toen ik de lepel naar mijn mond bracht.

Elsje mocht van tafel, die ging naar zondagsschool, maar ik moest blijven zitten tot mijn bord leeg was.

Het werd steeds moeilijker om het op te eten. De pap werd koud en dikte in. Ik kon mijn lepel er zo in zetten.

'Zo word je nooit een sterke jongen,' zei papa.

'Ik lust geen klonten,' zei ik.

'Laat je niet zo kennen.' Papa viste de klonten eruit en stopte ze allemaal tegelijk in zijn mond. Hij stak zijn tong uit met de klonten erop en toen slikte hij ze door. Ik keek trots naar papa.

'Nou jij,' zei hij toen mama de kamer uitging. Hij gaf me een knipoog en lepelde heel snel mijn bord leeg.

'Goed zo,' zei hij toen mama weer binnenkwam. 'Laat je bord maar aan mama zien.'

Ik stond Elsje al op te wachten. Ik moest weten of juf Anja nog voor me had gebeden, en soms deed ze me via Elsje de groeten. Maar Elsje had geen aandacht voor me. Ze liep meteen door naar de kamer met een brief in haar hand.

'Deze brief moest ik geven,' zei ze trots. 'Maar ik weet al wat erin staat. We hebben kerstviering in de kerk. Wij zijn allemaal engelen. We moeten een laken meenemen.'

'Dat wil ik ook,' zei ik.

'Jij bent ziek,' zei mama.

'Ze blijft niet ziek,' zei papa.

'Ah pap, mag ik?'

'Van mij wel,' zei papa.

'Ben jij hier de baas?' vroeg mama.

'De dokter zei dat ze alles weer mocht,' zei papa.

'Dan gaat de dokter ook maar voor haar zorgen als ze weer ziek wordt,' zei mama.

'Mam, ik mag toch wel?' vroeg ik.

'Ik zal wel ja moeten zeggen, hè? Je vader heeft je alweer je zin gegeven. En wat hoor ik nou over een laken?'

'Juf Anja vroeg of we een oud laken thuis hadden,' zei Elsje. 'We zijn engelen.'

'Wij hebben hier geen ouwe lakens,' zei mama. 'Zeg dat maar. Als iets oud is, gooi ik het meteen weg.'

'Doe je dat met mij later ook?' vroeg papa. 'Je gooit toch niet alles zomaar weg.'

'Als jij mij kan vertellen waar ik het hier kan opbergen, hou ik me aanbevolen. Heb je de linnenkast weleens gezien? Het lijkt wel een pakhuis. Er ligt veel te veel in. Ik kan net zo goed niet strijken.'

'Hé?' Papa las de brief. 'Wij zijn ook uitgenodigd.'

'Ja,' zei Elsje. 'We hebben een heel mooi lied geleerd. En dat kunnen jullie dan horen.'

'Daar hoef ik niet helemaal voor naar die kerk,' zei mama. 'Zing het maar hier, dan heb ik het ook gehoord.'

'Nee,' zei ik. 'Het wordt vast heel mooi, jullie moeten komen.'

'Tijdens de kerst?' vroeg mama.

'Natuurlijk gaan we,' zei papa.

'Mogen we dan een oud laken?' vroeg Elsje.

'Ik zei toch dat ik geen ouwe lakens had,' zei mama.

'Dan geef je ze een nieuw laken,' zei papa. 'Ze vreten het toch niet op.'

'We moeten het om ons heen slaan,' zei Elsje. 'Zodat we engelen lijken. En dan krijgen we ook nog een kaars in onze hand.'

'Een kaars? Als er kaarsvet op mijn goeie lakens komt, kan ik ze weggooien. Dat krijg je er niet meer uit.'

'Jullie morsen toch niet?' zei papa.

'Nee,' zeiden wij.

'Op jouw verantwoording dan.' Mama zocht twee lakens uit.

'Wat krijg ik nou?' Papa keerde zijn wang naar ons toe.

Ik gaf hem een zoen.

'Ik zing een lied voor je. Dat heb ik pas op zondagsschool geleerd.' Elsje ging midden in de kamer staan, kaarsrecht. Ze begon op haar mooist te zingen.

'Er ruist langs de wolken een lieflijke naam…'

'Dat ken ik!' riep papa. 'Canon.' En hij viel in. 'Er reed langs de wolken een boer op een fiets.'

Elsje keek mij ontzet aan, maar papa zong gewoon door. 'Hij kwam van de hoeren en zijn vrouw wist van niets.'

'Zing dan,' zei hij tegen Elsje.

Maar Elsje wist het niet meer.

~

Het was kerst. De kinderen waren allemaal vroeg in de kerk. Voordat de ouders kwamen hadden we ons lied nog een paar keer geoefend, het was heel mooi geworden. Eerst ging het niet zo goed. Elsje en ik durfden niet te lopen omdat we bang waren dat er kaarsvet op mama's goeie lakens drupte, maar toen heeft juf Anja ons een speciale kaarsenstandaard gegeven met een bakje eronder. Nu kon er niks meer gebeuren. Ik wist zeker dat papa en mama trots op ons zouden zijn.

Ik keek de kerk rond. Er stonden klapstoelen waar de ouders op moesten zitten. Ik probeerde er een. Gelukkig zat hij niet hard. Als mama lang op een harde stoel moest zitten, kreeg ze pijn in haar rug. Die begon onder in haar rug en dan trok de pijn langzaam omhoog naar haar nek. En dan kreeg ze er ook hoofdpijn bij. 'Van pijn in je rug kan je van alles krijgen,' zei mama. Het was ook weleens naar haar benen overgeslagen en toen kon ze bijna niet meer lopen. Elke stap deed haar pijn. Maar deze stoelen zaten best fijn.

Ik hoopte maar dat papa en mama vroeg waren, dan konden ze vooraan zitten. Mama was een keer naar een voorstelling op onze school geweest. Die was in de gymzaal en toen zat er een lange lijs voor haar. Ze had niks van ons toneelstuk gezien. En ze had het ook niet kunnen verstaan. Uitgerekend die avond waren er een paar jongens die duizend keer hun brommer hadden gestart. Mama dacht dat ze in de gymzaal stonden, zo'n lawaai maakte het.

Ik keek naar buiten. De kerk stond op een plein en daar mochten geen brommers rijden. En als ze het toch deden, joeg de politie ze gewoon weg. De tweede rij zou het beste zijn voor mama. Niet helemaal vooraan, als iemand dan naar de wc ging moest-ie langs mama en dat zou mama irriteren. En vooraan kwam er altijd zo'n kou langs mama's benen. Mama had altijd koude benen. Ik keek naar het raam. Het stond een stukje open, maar aan de andere kant van de kerk was het dicht. Dus het tochtte niet. Tocht was slecht, zei mama altijd. Er is geen mens die daar tegen kan. Als je een longontsteking wilde krijgen, dan moest je op de tocht gaan staan. Zitten kon ook.

'Kijk eens.' Ada kwam me halen.

Juf Anja en meester Geert legden plakken kerstbrood op een schaal. Ik keek naar de papieren zak waar het uitkwam. Het was van een echte bakker. De naam van de bakkerij stond erop. Dit kerstbrood lustte mama ook. En ik wist nu al dat ze de thee ook lekker zou vinden. Het was Pickwick-thee en die dronken we thuis ook.

Onze voorstelling was helemaal goed gegaan. De hele weg naar huis praatten Elsje en ik erover. Papa zei dat hij het mooi had gevonden en dat hij trots was. Mama was ook trots omdat we geen druppel kaarsvet op haar goeie lakens hadden gemorst.

Toen we thuiskwamen, stonden opa en oma al voor de deur. Ze kwamen altijd op eerste kerstdag en dan bleven ze 's avonds eten. Dan aten we konijn. Zonder konijn was het voor papa geen kerst. Het moesten wel duinkonijntjes zijn. Tam konijn vond papa taai. Dan kon je net zo goed een schoenzool opeten. Oma had de konijnen gisteren gebraden. Omdat mama niet van wild hield, wilde ze het ook niet klaarmaken.

Opa en oma dronken koffie in de kamer. Elsje was aan het blokfluiten in ons kamertje. Eigenlijk wilde ze de kerstliedjes aan opa en oma laten horen, maar mama kon niet tegen dat gefluit. Door de week mocht het wel, maar niet met de kerst. Ik ging knikkeren op de gang. Ik liet de kamerdeur openstaan, dan kon ik horen hoe papa en mama over ons kerstfeest opschepten.

'Wat waren jullie laat,' zei oma.

'Hou alsjeblieft op,' zei mama. 'Ik dacht dat er nooit een eind aan kwam. Moet je mijn handen eens voelen, ik ben bevroren.'

'Hadden ze daar geen kachel?' vroeg oma.

'Welnee,' zei papa. 'Ze dachten zeker dat God gratis de kerk voor ze zou verwarmen.'

'Hebben jullie daar al die tijd gestaan?' vroeg oma.

'Nee,' zei mijn mama. 'Was het maar waar.'

'Ze hadden stoelen,' zei papa.

'Stoelen.' Mama lachte. 'Een houten plank zal je bedoelen.'

'Nou, ik heb genoten hoor,' zei papa. 'Eerst leest zo'n kwijlebabbel een of ander verhaal voor waarbij je in slaap valt.'

'Dan had ik ook nog wel een verhaal geweten,' zei opa.

'Het kwam uit de bijbel, hoor,' zei papa. 'Sinds wanneer kent u de bijbel?'

Opa lachte.

'En kregen ze elkaar?' vroeg hij.

'Hij heeft het over de bijbel, Rinus,' zei oma. 'Adam en Eva, weet je nog.'

'O, dat gezemel met die appel,' zei opa.

'En dan die theetante,' zei mama. 'Ze had die kinderen allemaal onder een laken gestopt. Het moesten engelen voorstellen. Nou, ze had zelf ook wel onder een laken mogen gaan zitten.'

'Als je daarmee naar bed gaat, mag je je klompen wel voor de deur zetten,' zei papa. 'Dan weten ze waar je verzopen bent.'

'Was het zo erg?' vroeg oma.

'Zoiets als die buurvrouw van jullie,' zei papa. 'Maar dan nog tien keer erger.'

'Daar kom je niet eens in,' zei oma. 'Die is helemaal dichtgeweven met spinrag.'

'Maar vergis je niet, ze komen allemaal in de hemel,' zei opa.

'Als het daar zo is, zit ik liever in de hel,' zei papa.

'Hebben jullie nog iets gekregen, of zat je al die tijd op een drogie?' vroeg oma.

'Ze hadden thee,' zei mama.

'Uilenzeik zal je bedoelen,' zei papa. 'Een glaasje jenever was beter geweest.'

'Dat soort mag toch niet drinken,' zei oma.

'Heel jammer voor ze, dan nemen wij er nog maar een extra.' Papa liep naar de keuken om de jenever te halen.

'En kan je winnen van jezelf?' vroeg hij.

'Nee, ik heb verloren. Ik verlies altijd.' Ik smeet de knikkers door de gang.

~

Mama werd 's morgens nooit uit zichzelf wakker, en ook niet van de wekker. Mama sliep niet gewoon, zoals andere mensen, ze zei dat ze bewusteloos was. Daarom moesten we haar elke morgen roepen.

Omdat mama ons naar school bracht, moest ze niet alleen vroeg op, maar zich ook in een razend tempo wassen en aankleden en dat vond ze nog het ergste.

Papa stopte zijn gezicht onder de kraan, maar dat kon mama niet doen. Die moest haar gezicht elke morgen wassen met babyzeep. Onze zeep lag gewoon in het zeepbakje op het aanrecht, maar mama's babyzeep zat in een speciaal doosje en dat lag niet binnen handbereik, anders zouden wij het misschien stiekem ook gebruiken en dat was niet de bedoeling. Mama had het doosje verstopt, helemaal achter in het gootsteenkastje. Wij wasten ons alledrie met Palmolive-zeep, maar daar kon mama niet tegen. Haar huid was heel teer, net als die van een baby. Mama gebruikte alleen babyzeep voor haar gezicht. Die was heel zacht. Je kon er nooit helemaal schoon van worden. Voor je gezicht was dat niet zo erg, maar hals en oksels moesten brandschoon zijn. Oksels helemaal, anders ging ze naar zweet ruiken en mensen die naar zweet roken, dat vond ze het vieste wat er bestond. Als haar gezicht schoon was, spoelde ze de washand wel tien minuten uit, net zolang tot alle babyzeep eraf was. Dan smeerde ze er Palmolive op. Mama zei dat die twee zepen elkaar niet verdroegen. Je moest nooit middelen door elkaar gebruiken.

Pas als mama schoon was, kon ze zich aankleden. Het was geen kwestie van even een jurk aanschieten. Mama droeg een step-in en die moest heel strak zitten, anders zag je plooien door haar jurk heen en dat was geen gezicht. Het was een hele toer om de step-in strak te krijgen. Mama zuchtte er altijd bij. En als hij eindelijk goed zat, waren haar nylon kousen aan de beurt. Daar gebruikte ze speciale handschoenen voor. Je kon nooit weten of er een haakje aan je nagels zat en dan kwam er een ladder in je kous. Soms kon ze de handschoenen niet vinden en dan liep ze vloekend door het huis. Dan zei ze dat Elsje ze had weggemaakt. Elsje kreeg altijd de schuld als mama iets kwijt was, dat kwam omdat ze voor papa koos als ze ruzie hadden.

Met haar handschoenen rolde ze kous voor kous op tot de voet. Het was een heel zorgvuldig werkje om de kousen aan te trekken. Mama droeg kousen met een naad en die naad moest precies in het midden van haar been zitten, anders liep ze voor gek. Ze kende wel vrouwen bij wie de naad te ver naar één kant zat. Mevrouw Van Dam van de melkwinkel op de hoek was zo'n vrouw en die heette 'dat mens met die scheve naad'. Mama kocht er ook niet. Ze had geen zin om zich elke dag te ergeren aan die scheve naad. Ze had het weleens tegen mevrouw Van Dam gezegd, maar dat had niks geholpen.

Na de kousen kwam het belangrijkste werk. Dat kon ik zien aan mama's ogen. Tante Gerda kon haar beha hup hup omdoen, in die cups zat toch niks, maar mama had cup dubbel D.

Omdat mama 's morgens zo veel tijd nodig had, kon ze

geen brood voor ons maken, alleen voor zichzelf. Maar dat gaf niet, Elsje at gelijk met papa en ik at meestal aan het aanrecht een broodje. Voordat mama ging eten, haalde ze eerst de roomboter uit de kast. Wij mochten geen roomboter op ons brood smeren, daar was het veel te duur voor. Papa at ook margarine, maar dat was te vet voor mama. Ze had weleens een galaanval gehad.

Oma bakte bijna elke week een cake voor ons en dan vroeg mama meteen of ze wel roomboter had gebruikt. Oma zei altijd ja en dan gaf ze papa een knipoog. Toch werd mama niet ziek van oma's margarinecake. Papa zei dat dat kwam omdat ze het niet wist. En dat wij het nooit mochten vertellen.

Mama moest de dag beginnen met een boterham met veel roomboter en hagelslag. Anders kon ze het niet aan. De hagelslag zat in een strooier, dat was hygiënischer. Ik voelde altijd of er nog genoeg hagelslag voor mama in de strooier zat. Als er niet genoeg was, dan nam ik gekleurde muisjes, want dat lustte ik ook. Maar Elsje en papa namen wel gewoon hagelslag. Daarom verstopte ik die soms als er weinig in de strooier zat.

Ook al was mama laat, ze moest toch aan tafel zitten als ze at. Anders bleef het als een baksteen op haar maag liggen en dan kreeg ze last van haar darmen. Ze moest ook drinken bij haar brood. Ze zette thee voor zichzelf. Het duurde heel lang voor haar kopje leeg was. Ze nam piepkleine slokjes, dat kwam omdat ze een heel klein keelgat had.

Elsje was altijd bang dat ze te laat zou komen en dan zei ze tegen mama dat ze moest opschieten. Maar dat was het ergste wat je tegen mama kon zeggen.

'Jaag me niet op als een wild dier!' riep ze dan. 'Dat is nergens voor nodig. Ben je ooit weleens door mij te laat gekomen?'

En daar had mama gelijk in. Ook al gingen we nog zo laat van huis, we haalden het altijd omdat mama heel snel kon lopen. Wij niet, maar dat gaf niet. Zodra we beneden stonden, pakte ze ons bij de hand en sleurde ons mee. Ik merkte het altijd als ze sneller ging lopen, dan kneep ze steeds harder in mijn hand.

'Niet zo vlug,' zei Elsje dan.

'Ik dacht dat je zo'n haast had.' En mama liep hard door.

We kwamen langs een winkel waar ze skelters verkochten. Daar wilde ik altijd blijven staan, maar daar hadden we geen tijd voor.

Bij Taalman stopten we wel, daar moesten we zelfs in de etalage kijken van mama. Taalman verkocht kleding die ze zelf maakten. De jas die de paspop aanhad was genaaid. 'Maar die jas is niet gestikt,' zei mama. 'Die is in elkaar gerot.'

Mama kon zelf heel knap naaien. Ze was heel precies en zag elk foutje. Maar hier hoefde je niet goed voor te kunnen naaien, iedereen zag het. En dat vod was nog duur ook. Alles was duur in die winkel. Mama had geen geld om een jas te kopen, ze naaide alles zelf, maar als ze wel geld had, zou ze daar nooit naar toe gaan.

We moesten een drukke straat oversteken. Het verkeer raasde voorbij. Je kon zo worden doodgereden, zei mama. Het was een wonder als je veilig aan de overkant kwam. Daarom bracht ze ons naar school. Je kon geen ogen genoeg hebben bij het oversteken van die straat. Gelukkig had mama wel ogen genoeg. Ze keek naar links en naar rechts en hield ons goed vast en kneep zo hard in mijn hand dat het pijn deed.

'Nu,' riep ze dan, en ze holde met ons aan d'r hand de weg over. Mama boog altijd ver naar voren als ze holde. Het leek alsof haar hoofd er veel eerder moest zijn dan haar lichaam. Ik was altijd bang dat ze zou vallen.

'We hebben het weer gered,' zei mama als we aan de overkant waren. En dan hoorden we soms een bel. Dat betekende dat de brug openging.

'Rennen!' zei mama dan. En dan vlogen we over de stoep. Mama zag niks meer, die moest op de brug letten. Soms gingen de hekken al dicht als we kwamen aanlopen, maar als de bruggenwachter ons zag, liet hij ons er toch nog door. Er waren ook mensen die nog snel onder het hek door kropen als het al dicht was. Dat mochten wij nooit. Mama zei dat dat levensgevaarlijk was. We wilden toch niet dat de brug omhoogging met ons erop? Dan kwam je tussen de brug en de kant terecht en dan spleet je hoofd eraf, of je viel in het water, maar dan was je er ook geweest. We moesten niet vergeten dat in het water van de Geuzenkade de ziekte van Weil zat. Die brachten de ratten mee. En dat was een dodelijke ziekte. Je hoefde maar een spatje van dat besmette water binnen te krijgen en je werd ziek. Eerst kreeg je hoge koorts en daarna ging je dood. Ik ging altijd een beetje naar achteren als er een boot langsvoer. Soms spetterde het water omhoog en dan kon je het in je gezicht krijgen.

Als we de brug hadden gehaald was mama altijd heel trots en dan groette ze de bruggenwachter. Maar toen we het een keer niet haalden, was ze boos op hem. 'Hij zag ons heus wel aankomen,' zei ze. 'Maar hij gooide gauw het hek voor onze neus dicht.' Mama wist wel waar dat door kwam. De bruggenwachter had een oogje op haar en omdat zij er niet op inging, was hij boos. Hij hoefde zich heus niks te verbeelden. Bruggenwachter zijn was niks bijzonders. Vooral niet als je bruggenwachter was van zo'n gammel bouwwerk. Mama zei dat je erop kon wachten tot er iemand door de brug zakte. Ik was altijd blij als we weer veilig de brug over waren.

Maar dan moesten we nog een eind lopen. We kwamen langs een stomerij van de vader van een jongen uit Elsjes klas. Wimpie heette hij. Elsje was verliefd op Wimpie. Mama vond hem ook een leuke jongen. En de vader van Wimpie, die in de winkel stond, vond ze ook leuk. Dat was pas een echte man met een prachtige kop met haar en een gespierd lichaam. Toch liet ze onze kleren daar nooit stomen. De deur van de stomerij stond de hele dag open, en dat in die drukke straat. Niet alleen auto's, maar de tram en de bus gingen er ook door. Al die gassen trokken in de kleren. Je kreeg ze nog viezer terug dan je ze had gebracht.

Er zat ook een banketbakker in de straat, maar daar gingen we ook niet heen. Bij ons in de Willem de Zwijgerlaan zat de beste banketbakker van de hele stad. Dat was geen banketbakker, maar een meester in het maken van gebak. Vergeleken bij hem kon deze koekenbakker op de pot gaan zitten met z'n spullen.

We kwamen weer langs een water en om de hoek van dat water lag onze school.

Wij vonden het nooit leuk dat mama ons bracht. Niemand werd naar school gebracht. De meeste kinderen woonden vlakbij, maar wij kwamen uit een heel andere buurt.

'Zeg ons hier maar gedag,' zeiden we. En dat vond mama goed, dan was ze zelf ook eerder thuis, want ze moest ons ook weer ophalen.

Als mama niet verkouden was en wij ook niet, gaf ze ons een kus en dan draaide ze zich om. Wij renden naar school. Ik strekte dan heel snel mijn vingers en sloeg een paar keer mijn handen uit, zodat de striemen verdwenen, anders zagen de kinderen dat mama me had gebracht.

~

Ada zat op een school in de buurt. Als daar de bel ging, mocht je zo naar binnen lopen, maar bij onze school ging dat anders. Meneer Hofman stond bij de deur. We moesten in een lange rij gaan staan en zonder te duwen en met gestrekte handen naar voren lopen. Als je bij de deur kwam, dan keek meneer Hofman of je handen schoon waren en er geen vuil onder je nagels zat.

Hij was heel lang en stond kaarsrecht. Daardoor kon hij precies zien wat er in de rij gebeurde. Sommige jongens gaven elkaar ineens een stomp en dan liep meneer Hofman naar voren, trok ze aan hun oorlel uit de rij en zette ze naast zich neer, met hun gezicht naar de muur.

Mama vond het een hele geruststelling dat meneer Hofman alle handen inspecteerde. Je wist nooit wat voor vuil er op die handen zat en mee de school inging. Er hing geen briefje bij. En als meneer Hofman er niet stond, zouden die vieze handen overal aan zitten. Op deze school kon je tenminste met een gerust hart de trapleuning vasthouden.

Mama had ons niet zomaar ingeschreven. Ze had gekeken wat voor kinderen er naar binnen gingen. Een verschil van dag en nacht vergeleken met de kinderen uit onze buurt. Deze kinderen zagen er verzorgd uit en ze had geen onvertogen woord gehoord. Je hoefde meneer Hofman maar aan te kijken om te weten dat hij daar niet van gediend was. Ze had het in één oogopslag gezien: het hoofd van deze school was op en top een vakman.

Hij droeg een grijs streepjespak met een wit overhemd eronder. Dat overhemd was net zo wit als papa's overhemden als hij ze uit de kast haalde. Dat betekende dat mevrouw Hofman goed kon wassen. Mama was wel jaloers op die vrouw. Ze had veel meer profijt van haar werk dan zij. Om vier uur, als ze ons kwam halen, zag meneer Hofmans overhemd er nog altijd brandschoon uit. En bij papa zat het na een paar minuten al onder de vetvlekken. 'Ik weet niet wat dit weer voor vuiligheid is,' zei ze als ze zo'n vlek zag. 'Maar je hebt het weer voor elkaar.'

Het kwam echt niet allemaal door mevrouw Hofman, het hoofd van de school had zelf ook een goede smaak. Zijn stropdas paste uitstekend bij zijn pak. En wat minstens even belangrijk was: hij maakte een echte strop. Er zat niet een of andere prop tegen zijn nek zoals bij papa. 'Je gaat me toch niet vertellen dat je de hele dag zo rondgelopen hebt, hè?' vroeg mama vaak als papa thuiskwam. En dan deed ze zijn strop goed. Ook als ze ergens naar toe gingen, stropte mama papa's das.

Meneer Hofman droeg ook een bril, maar die zakte tenminste niet van zijn neus, zoals bij papa. Dat montuur kwam uit een gerenommeerde brillenzaak waar ze goed advies gaven. Papa had zich in een tweederangs brillentent maar wat laten aansmeren. Het gevolg was dat hij de helft van het jaar met watten achter zijn oren en op zijn neus liep om wondjes tegen te gaan. 'Die lui hebben zich doodgelachen,' zei mama, 'dat ze dat kreng kwijt zijn geraakt.'

Mama zei het elke dag als ze ons van school haalde. 'Wat

ben ik blij dat ik voor deze school heb gekozen.'

Als het aan papa had gelegen, zaten we op de school om de hoek en dan stond het nu al vast dat we nooit iets zouden bereiken.

Elsje had les op de eerste verdieping, die moest een trap op, maar mijn lokaal was beneden. Ik zat bij juffrouw Steenman. Sommige kinderen zeiden mevrouw Steenman. Maar dat klopte niet, zei mama. Dan had ze maar moeten trouwen, net als zij, dan had ze zich wel mevrouw mogen noemen. Mama zei dat er waarschijnlijk iets in haar leven was misgegaan, omdat ze geen man had, maar dat was nog geen reden om jezelf mevrouw te noemen.

Papa zei dat er helemaal niks was misgegaan in het leven van juffrouw Steenman. Ze was gewoon een oude vrijster, maar daar was mama het niet mee eens. Ze had de boot gemist en daarom was het juffrouw Steenman, of gewoon juf.

Juffrouw Steenman had heel grote blauwe ogen die altijd begonnen te stralen als ze naar me keek. Ze rook ook heel lekker. Mama zei dat het een doodordinaire eau de cologne was, maar ik vond het lekker.

Ik kon nooit zo goed stilzitten, maar dat vond juffrouw Steenman niet erg. Als ik heel erg zat te draaien, mocht ik soms even een boodschap voor haar doen. En dan ging het daarna weer een stuk beter.

Ik trok af en toe met mijn gezicht. Dan fronste ik mijn voorhoofd en tegelijk trok ik mijn neus op. Mama zei dat het haar niks verbaasde. Het was een zenuwtrek door de spanning thuis. Ik zou er nog wel een paar bij krijgen als we niet gingen verhuizen. Ik vond het niet leuk, want soms deden de kinderen mij na en dan moest ik huilen. Juffrouw Steenman zei dat het een gewoonte was die ik beter kon afleren en dat ze me erbij zou helpen. Zodra ze zag dat ik met mijn gezicht trok, schudde ze haar hoofd. En toen ik het een uur lang niet had gedaan, kreeg ik een dropje.

Om de beurt hadden we klassendienst en dan moest je nablijven om de propjes op te rapen, het bord schoon te maken en de plantjes water te geven. Ik hoefde het nooit te doen. Juffrouw Steenman vond dat ik al zo'n eind moest lopen en dat het dan veel te laat voor me werd. Dat zei ze, maar ik wist best dat ze het voor mama deed. Omdat Elsje ook bij haar in de klas had gezeten, kende ze mama. Ze had heus wel gezien dat mama niet lang kon wachten. Mama zei het zelf. Dan moest ze al die tijd voor de school staan darren tot ik eindelijk naar buiten kwam. En mama kon niet goed staan, daar kreeg ze spataderen van. Ze had al een paar spataderen en daar had ze last van. Ze had er een keer een laten weghalen. Mama was niet kleinzerig, maar ze had het uitgeschreeuwd van de pijn en het ergste was dat het nog niks had geholpen ook. Mama zou nooit in een winkel kunnen werken. Dan moest ze de hele dag staan en dan hield ze geen benen meer over. Als ze geen rekening met haar benen hield, kreeg ze er later zwachtels om. En dan bleef ze nog liever binnen.

Toen we op een ochtend de klas inkwamen, was juffrouw Steenman er niet. Na een tijdje kwam meneer Hofman binnen. Hij vertelde dat onze juf ziek was en dat we een invaljuf kregen. Ze heette juf Gerdien en ze was ook heel aardig. Maar voor mij was juf Gerdien helemaal niet aardig. De eerste dag gaf ze mij al klassendienst en dat betekende dat ik moest nablijven. Ik schrok heel erg. Hoe moest het dan met mama's benen? Ik wilde niet dat ze door mijn schuld zwachtels om haar benen kreeg. Ik ging naar juf Gerdien toe en zei dat ik mama niet mocht laten wachten. Ik vertelde niet waarom, mama wilde vast niet dat die vreemde juf het wist van haar benen.

Juf Gerdien geloofde er niks van. 'Komt je moeder je zo halen?' vroeg ze. 'Vraag dan maar of ze even bij me komt.'

Ik wist dat mama boos zou worden. Nou moest ze met juf Gerdien praten en ze kende haar helemaal niet. Maar ik haalde mama toch.

Zelf moest ik op de gang wachten. Het duurde niet lang en

toen kwam mama alweer naar buiten.

'Hoe haal je het in je hoofd om te zeggen dat ik niet wil wachten. Je hebt me gewoon voor schut gezet.'

Juf Gerdien was ook boos.

'Je hebt me in mijn gezicht voorgelogen,' zei ze de volgende dag. 'Je wilde alleen maar onder de klassendienst uit. Je moeder heeft er niks op tegen als je wat later naar buiten komt.' Juf Gerdien hield niet van leugenaars. Ik moest achter in de klas gaan zitten en dat bleef voorlopig mijn plaats.

Het was helemaal niet fijn. Als je achterin zat, zag de juf je vinger niet en ik wilde juist zo graag het goede antwoord zeggen om te laten zien dat ik goed meedeed.

Wacht maar tot ik mag voorlezen, dacht ik. Dan bent u vast niet meer boos. Juffrouw Steenman zei dat ik heel mooi kon voorlezen. Het mooist van de klas, maar ik kon het jammer genoeg niet laten horen, want juf Gerdien gaf me nooit een beurt.

Ik wilde juf Gerdien laten zien hoe mooi ik kon schrijven. Juffrouw Steenman zei dat het net leek of het gedrukt was als ze mijn schrift omhooghield. Meestal stond er een stempel onder mijn werk. En als je een stempel had, dan mocht je met rode of groene inkt schrijven. Mijn schrijfschrift stond bijna helemaal vol met rode en groene inkt. En in mijn hele schrift zat niet één vlek. Maar toen juf Gerdien naast mijn tafel stond, viel er zomaar een klodder uit mijn pen.

Juffrouw Steenman was al een tijdje ziek. Het kon nooit lang meer duren en dan was ze weer terug en dan mocht ik weer hardop lezen. Ineens schrok ik, misschien was ik het wel verleerd. Ik ging thuis meteen oefenen. Ik wilde het mama laten horen, maar die wilde niet voorgelezen worden. Daar kreeg ze een punthoofd van.

~

Ik zat op school naast Willemijn. Op een dag huilde ze op het schoolplein.

'Waarom huil je?' vroegen de kinderen.

Willemijn haalde haar schouders op. 'Gewoon, om papa en mama.'

Ze vonden het raar. Wie huilde er nou om zijn ouders? Maar ik snapte het wel. Ik huilde ook om papa en mama. We werden vriendinnen en vertelden elkaar over de ruzies.

Over hoe eng het was als je wakker werd van het geschreeuw. Eigenlijk wilde je het niet horen en je dook met je hoofd onder de dekens. Maar een paar tellen later zette je de deur van je kamertje toch op een kiertje, omdat je niet kon slapen als je niet precies wist wat er werd gezegd. Je kroop bij je zus in bed en luisterde gespannen met de armen om elkaar heen naar papa en mama die tegen elkaar scholden. En dan de schok die door je heen ging als de voordeur met een klap werd dichtgegooid. Je lag daar maar, dicht tegen elkaar aan, zonder te praten. En pas als je de sleutel weer in het slot hoorde, werd je rustig.

Mama had Willemijn ook een paar keer gezien. Als we met z'n drietjes bij school kwamen aanlopen, rende Willemijn naar me toe. Eén keer stond Willemijn me op te wachten bij de brug. Maar mama zei dat ze dat liever niet had. Ze had haar handen vol aan ons, en Willemijn was zo druk. Mama tolde op haar benen toen ze terug naar huis liep.

Ze vond haar wel een net meisje. Dat kon ook niet anders, want haar vader had een topfunctie bij de Nederlandse Bank. Dat wist mama omdat meneer Groeneveld in het bestuur van de school zat. Ze had hem op een ouderavond ontmoet en vond hem een innemende man. Ze begreep alleen niet waarom hij geen toupetje kocht, hij was zo goed als kaal. Dat moest toch wel van dat salaris af kunnen. Mama wist zeker dat hij goed verdiende. Hij reed in een prachtige auto. Dat was nog eens iets anders dan dat koekblik van papa dat het nooit deed. Hij was ook een eersteklas chauffeur. Ze had hem zien inparkeren op een klein plekje. Papa zou z'n auto aan alle kanten hebben gedeukt. Papa reed niet, die frommelde zijn auto erin. Maar de vader van Willemijn gleed er zo in, in één keer. Het leek mama een betrouwbare man. Willemijns moeder zou nooit een lange zwarte haar in de auto van haar man tegenkomen.

Willemijn woonde op de Nassaukade. Mama zei dat daar alleen maar dokters, tandartsen en advocaten woonden. Ze vond het goed dat ik met Willemijn speelde, maar alleen op school. Ik moest haar beloven dat ik Willemijn niet mee naar huis zou nemen. Willemijn zou niet weten wat haar overkwam als ze de platte taal hoorde die door de kinderen in onze straat werd uitgekraamd. Stel je voor dat ze zo'n woord thuis zou gebruiken en dat haar vader wilde weten waar ze dat woord vandaan had. Mama zou zich doodschamen en zich niet meer op de ouderavonden durven vertonen. Ik vertelde mama maar niet over de ruzies tussen Willemijns ouders en dat ze dan lelijke woorden tegen elkaar schreeuwden. Precies dezelfde woorden die de kinderen uit onze buurt ook zeiden als ze boos op elkaar waren.

Ik deed wat mama zei en speelde alleen op school met Willemijn. In het speelkwartier deden we meestal spelletjes met z'n allen. Boompje verwisselen en touwtjespringen. Maar op sommige dagen, als een van ons het geheime teken gaf, deden Willemijn en ik iets anders. We hielden het voor iedereen geheim. Ze zouden het toch niet begrijpen. Ze zouden zweren het voor zich te houden, maar als ze een keer boos op ons waren, dan zouden ze het verklikken aan juf Gerdien. We wisten zeker dat die het meteen aan meneer Hofman zou doorvertellen. En dan moesten onze ouders misschien op school komen en mochten we niet meer naast elkaar zitten. Misschien mochten we zelfs helemaal niet meer met elkaar spelen. Het was ten strengste verboden wat wij deden.

Aan de overkant van onze school was een kerkhof. Het werd niet meer gebruikt, maar de graven lagen er nog. Om het kerkhof stond een hoog donkergroen ijzeren hek. Soms glipten we in het speelkwartier met z'n tweetjes naar de overkant. We kropen langs de geparkeerde auto's. Pas als we zeker wisten dat meneer Hofman ons niet zag, renden we naar het hek. Als we eroverheen klommen, moesten we goed uitkijken. Er staken donkergroene ijzeren punten uit het hek en daar kon je met je rok aan blijven hangen. Eerst moesten we een stukje door de bosjes kruipen en dan kwamen we bij de graven. We wisten precies wie er lagen en hoe oud de doden waren. Dat kon je lezen op de stenen die bij de graven stonden. De meeste mensen die daar lagen waren heel oud, maar in een graf lag een meisje. Esmee heette ze en ze was acht jaar. We vonden het heel spannend dat Esmee daar dood lag. Wij waren ook acht jaar. Willemijn dacht dat Esmee onder een vrachtwagen was gekomen, maar ik wist bijna zeker dat ze een enge ziekte had gehad. Dat ze eerst nog een tijdje in het ziekenhuis had gelegen en dat het leek of ze opknapte. Dat iedereen dacht dat ze beter werd en dat ze toch ineens dood was gegaan.

'Ze had bruin haar,' zei Willemijn.

'Nee,' zei ik, 'ze was blond en ze had ook een zusje. En dat zusje was heel verdrietig omdat ze dood was.'

'Ze had geen zusje,' zei Willemijn. 'Ze had een hond die zijn leven had gewaagd om haar uit het water te redden. En toen ze doodging, hebben ze hem afgemaakt omdat niemand meer voor hem wilde zorgen.' Maar dat laatste vond ik te zielig.

Willemijn mocht eerst omdat haar ouders gisteravond ruzie hadden gemaakt. Ik moest de wacht houden.

Ze stapte op het graf van Esmee en ging liggen. Het zag er heel eng uit, haar handen lagen op haar borst gevouwen, net als bij een echte dode.

'Je mag niet ademen,' zei ik.

'Pas als ik mijn ogen dicht heb.' Willemijn deed haar ogen dicht en stopte met ademen. Toen ze vuurrood was, deed ze haar ogen weer open. Ik wist dat het eng was geweest, omdat ze bibberde toen ze opstond.

'Nou mag jij.' Willemijn ging op de uitkijk staan. Ik ging op het graf liggen en sloot mijn ogen. Ik ben dood, dacht ik toen ik mijn adem inhield. Ik ben nu dood en dat is het ergste van de wereld. Vanaf nu zie ik papa en mama nooit meer. En Elsje ook niet. En ineens begon ik te huilen.

'Waarom huil je nou?' vroeg Willemijn. 'Het is toch maar een spelletje.'

We schrokken van de schoolbel.

'Vlug!' We renden door de bosjes en klommen over het hek. Willemijn kon heel goed klimmen. Ze was heel lenig. Ik was helemaal niet zo lenig, maar ik wilde net zo snel zijn als Willemijn. Ik sprong van het hek...

Mijn rok bleef aan de punt hangen.

'Gauw!' zei Willemijn.

'Mijn rok,' zei ik en ik wees op de scheur.

'Wat geeft dat nou.' Willemijn holde weg.

Het gaf heel veel, maar dat kon Willemijn niet weten. En dat mocht ze ook niet weten. Ze mocht alles over de ruzies weten, maar niet over mama die heel boos zou worden omdat ze de rok voor mij had genaaid, helemaal met de hand. Ze had tot 's avonds heel laat aan mijn rok doorgewerkt. Ze had zo lang achter elkaar genaaid dat ze niet meer kon slapen. En slaap was voor mama heel belangrijk. Als mama niet sliep, ging het mis, dan werd ze ziek. Ze was nog net niet ziek geworden door mijn rok, maar wel bijna. En nu zat er een scheur in. Voor straf mocht ik van mezelf niet meer naar het kerkhof.

~

We hadden van school een brief meegekregen. Ik gaf hem meteen aan mama.

'Alweer een brief?' zei mama. 'Ze schijnen daar niet te weten wat ze met hun papier aan moeten. Als er maar niet weer een ouderavond is. Ik zal wel zeggen dat ze jullie in het vervolg geen uitnodiging meer moeten geven. Ik ga er toch niet meer heen en je vader heeft nooit tijd.'

Ik wist dat mama niet meer naar de ouderavonden van onze school kon. Vorige keer had het wel anderhalf uur geduurd voor ze eindelijk iets te drinken kreeg. Mama had echt niet verwacht dat ze de hele avond met koffie en thee heen en weer zouden rennen. Al hadden ze haar maar een glaasje water gegeven. Mama moest altijd veel drinken, anders kreeg ze een droge keel. Dat had ze toen ook en haar tong leek wel van leer. Ze had er nog dagen last van.

'Het gaat niet over een ouderavond,' zei ik. 'Er staat iets in dat wij niet mogen weten, daarom hebben ze de envelop dichtgeplakt.'

'Er zijn toch geen luizen?' Mama keek naar de envelop alsof hij vol luizen zat. 'Zeg eens gauw, zit de halve klas te schurken op z'n hoofd?'

'Nee,' zei ik.

'En heb jij jeuk op je hoofd?'

Had ik jeuk? Ik probeerde heel goed te voelen en ineens begon er iets te kriebelen. 'Een beetje,' zei ik.

'Het is toch niet waar, hè?' zei mama.

We hadden al een keer luizen gehad. Mama had zich doodgeschaamd. Ze had me naar de drogist gestuurd met een briefje. Ik mocht het niet hardop zeggen in de winkel. Niemand mocht het weten. Dan dachten de mensen dat het bij ons een zwijnenstal was. Maar mama kon er niks aan doen. Er hoefde maar één smeerpoets op school rond te lopen en de hele mikmak werd aangestoken, zei mama. Ze wist allang bij wie het vandaan kwam. Als je dat kind aankeek zag je het gelijk. Ze snapte niet dat meneer Hofman geen maatregelen nam. Zo'n joch moest toch van school gestuurd worden. Nou was iedereen de dupe.

Ik kreeg van de drogist een flesje mee waar spul in zat dat heel erg stonk. Mama smeerde het op ons hoofd. Het prikte, maar het ergste was dat het ook op haar eigen hoofd moest. Papa moest er ook mee worden ingesmeerd maar die had toch geen haar. Die paar sprieten kon je geen haar noemen. Maar mama was net naar de kapper geweest. Haar hele kapsel was verknoeid. Ze kon toch moeilijk weer naar de kapper gaan, dat was te duur. Ze had al die tijd voor gek gelopen. Ook al had je nog zo'n mooie jurk aan, als je haar niet goed zat had het geen zin, zei mama. Ze had ook opgeschreven dat de drogist een luizenkam moest meegeven. Daar kon ze de luizen mee vangen. De drogist schreef dat het niet nodig was, twee behandelingen met het flesje was voldoende. Maar mama nam geen enkel risico. Als er één eitje achterbleef, had je zo weer een explosie. Voor de zekerheid kamde ze ons drie keer per dag en dat deed zeer. Maar we bleven keurig rechtop staan, want mama waarschuwde ons elke keer. Als jullie je hoofd wegdraaien, dan pak ik de schaar en knip ik jullie kaal. De luizenkam had heel scherpe tanden en mama kamde heel hard. Mama deed altijd alles hard. Als je was gevallen en het verband zat aan je wond geplakt, haalde papa het er altijd heel voorzichtig af. Maar mama rukte het in één keer los. Dan huilden we, omdat de korst aan het gaasje bleef zitten en onze knie weer bloedde. Maar mama was er trots op hoe ze het deed. 'Zachte heelmeesters maken stinkende wonden,' zei ze.

Zodra we thuiskwamen scheurde mama de envelop open. 'Geen luizen,' zei ze toen ze de brief had gelezen. 'Juffrouw Steenman is dood.'

'Juffrouw Steenman?' vroeg ik.

'Ik snap het niet,' zei mama. 'Waarom geven ze je niet gewoon een stencil mee. Als je zo'n gesloten envelop krijgt, denk je toch meteen het ergste.'

Ik kon me bijna niks ergers voorstellen. 'Het is toch ook heel erg,' zei ik.

'Voor dat mens is het een verlossing,' zei mama. 'Ze had een hersentumor. Zoiets woekert maar door. Je wordt helemaal opgevreten in je hoofd. Op het laatst tast het je hersens aan, dan word je mesjokke. Dat is haar tenminste bespaard gebleven. Dus wees maar blij.'

'Het kan niet,' zei ik. 'Juffrouw Steenman kan niet dood zijn.'

'Ik zuig het echt niet uit mijn duim.' Mama gaf me de brief. 'Lees zelf maar.'

Het stond er echt. Juffrouw Steenman was na een kort ziekbed overleden. We konden afscheid nemen in de aula.

'Geef maar.' Mama pakte de brief en stopte hem tussen de oude kranten.

'Nee,' zei ik. 'Je mag die brief niet weggooien.'

'Wat moet je er dan mee?'

'Ik wil weten wanneer ze is doodgegaan,' zei ik.

'Dat maakt toch niks uit,' zei mama. 'Laten we er maar over

ophouden, ik voel dat ik jeuk krijg.'

'Op je hoofd?' vroeg ik.

'Nee, in mijn hoofd. Het komt van de spanning. Ik moet mezelf ontzien. Als het doorzet, krijg ik nog een zenuwinzinking.'

'Is dat erg?' vroeg ik.

'Dat is verschrikkelijk,' zei mama. 'Dat wens je je ergste vijand nog niet toe. Dan ben je geen baas meer over jezelf. Niets is erger.'

'Is het nog erger dan wat juffrouw Steenman had?' vroeg ik.

'Dat kan je niet met elkaar vergelijken,' zei mama.

Wat bedoelde ze daarmee? Juffrouw Steenman was doodgegaan. 'Kan jij dan ook doodgaan als je een zenuwinzinking krijgt?'

'Het heeft niks met kunnen te maken,' zei mama. 'Dan wíl je dood.'

Ik besloot nooit meer over juffrouw Steenman te praten. Maar dat was moeilijk. Ik dacht er de hele tijd aan. Ik zag voor me hoe ze in de aula lag, met haar ogen dicht en haar handen gevouwen op haar borst. Ik wilde dat ik haar nog één keer kon zien. Willemijn ging er vast naar toe. Die ging natuurlijk samen met haar moeder bloemen bij de kist leggen. Jammer genoeg kon ik dat niet doen.

Mama was niet bestand tegen enge dingen. Op 12 oktober 1932 om tien over vier heeft mama een heel erg ongeluk gezien. Mama zal het nooit vergeten. Ze was zeven en ze wist nog precies wat ze die dag aanhad. Mama kwam erlangs toen ze uit school kwam. Ze had nooit moeten blijven kijken, maar dat wist ze toen nog niet. Ze raakte heel erg overstuur. 's Nachts zat ze rechtop in haar bed, dat duurde wel een week. Ze had de verschrikkelijkste nachtmerries. Papa zei dat iedereen weleens een nachtmerrie had, maar volgens mama was dat niet te vergelijken. Mama's nachtmerries waren heel erg, erger kon gewoon niet. Mama had altijd alles het ergst. Ze zei dat het haar lot was.

Ik kon niet naar juffrouw Steenman toe, maar ik bedacht dat ik wel een ansichtkaart kon sturen. Dat wilde ik. Ik wilde haar vertellen dat ze de liefste juf van de wereld was geweest, veel liever dan juf Gerdien. En dat ik elke avond voor haar ging voorlezen, heel hard, zodat ze het in de hemel kon horen.

'Mag ik een ansichtkaart kopen?' vroeg ik.

'Een ansichtkaart, waar is dat voor nodig?' vroeg mama.

'Voor juffrouw Steenman,' zei ik.

'Wat moet die nou met een ansichtkaart,' zei mama. 'Ze is toch dood.'

'Dat mag je niet zeggen. Je mag niet zeggen dat ze dood is.' Ik begon heel hard te huilen.

'Hou op,' zei mama. 'Je maakt me gek.'

Maar ik kon niet meer stoppen en ik krijste maar door. 'Het is gemeen, het is gemeen dat juffrouw Steenman dood is. Ze mag niet dood zijn.'

'Stil,' schreeuwde mama. 'Hoor je me?'

'Nee, ik hou niet op,' krijste ik. 'Ik wil dat juf Steenman weer mijn juf is.'

'Doe niet zo gek,' zei mama. 'Je hebt die brief toch gelezen, ze is dood.'

'Dan wil ik bloemen op haar kist leggen,' riep ik. 'Net als Willemijn.'

'Als je nog even zo doorgaat kan je bloemen op mijn kist leggen,' zei mama. 'Wat ben je eigenlijk van plan? Mij gek maken omdat juffrouw Steenman dood is?'

'Stommerd, ze is niet dood!' Ik schreeuwde het uit.

'Tegen wie denk jij eigenlijk wel niet dat je het hebt? Ik ben je moeder hoor en niet je schoolvriendinnetje. Naar je kamer en voorlopig kom je er niet meer uit.'

Ik rende naar mijn kamer en knalde de deur achter me dicht. Ik wilde er niet eens meer uit. Nooit meer.

~

Papa ging nieuw zeil in de kamer leggen. Hij had beloofd dat hij het doordeweek zou doen, maar nu zei hij tegen mama dat hij dat alleen maar had gezegd om van het gezeur af te zijn. Ze snapte toch zelf ook wel dat hij niet zomaar vrij kon nemen. Dat zou wel een heel duur zeiltje worden. Het moest op zondag. Mama was boos, want die ene vrije dag in de week had ze juist zo hard nodig.

Op zondag liepen we altijd met z'n vieren naar het centrum en dan gingen we een taartje eten bij Heck op het Rembrandtsplein. Daar keek mama de hele week naar uit, het was haar enige verzetje en dat werd haar nu ontnomen.

Ik vond het niet zo erg dat we een keer oversloegen. We moesten wel een uur lopen voordat we bij Heck waren. Mama gaf papa altijd een arm. En dan zei ze dat papa zijn arm niet hoog genoeg hield. Dat hij hem maar zo'n beetje liet bungelen.

En dan zei papa dat het niks met een arm geven te maken had wat mama deed. Dat hij het gevoel had dat er honderd kilo aan zijn arm hing en dat zijn arm daar vanzelf door ging zakken.

En dan zei mama weer dat hij zeker in de war was met een van die snollen van hem omdat ze helemaal geen honderd kilo woog, maar om precies te zijn tweeënzeventig kilo en drie ons.

'Wat nou snollen,' riep papa.

En dan zei mama dat hij heus niet zo boos zou doen als het niet waar was en daarna zeiden ze niks meer. Tot we langs de winkels kwamen. Dan zag mama zichzelf en papa lopen in de winkelruit en dan zag ze dat papa's hoed scheef op zijn hoofd stond. Ze wilde dat papa stopte om hem goed te zetten, maar dat wilde papa niet. Hij zei dat z'n hoed niet scheef stond, maar zijn kop, door dat gezeur van mama. En dan zeiden ze weer niks, de hele weg niet. Maar ze liepen wel stijf gearmd door. Dat hoorde bij getrouwd zijn. Dan gaf je je man een arm, zei mama. En de mensen moesten wel kunnen zien dat ze getrouwd waren.

Die zondag kreeg mama geen taartje, maar wel ruzie.

Op zondagochtend verzorgden papa en mama hun voeten. Dan legden ze een handdoek op de stoel in de kamer en zetten ze hun voet erop. Ze haalden dan wat eelt weg met hun nagels en wat er niet met hun nagels af ging, dat sneden ze weg met een mesje. Dat moest, omdat papa en mama last van likdoorns hadden. Soms sneden ze een beetje te veel weg en dan ging het bloeden. En dat bloed en dat eelt kwamen op de handdoek. Als ze klaar waren rolde mama de handdoek in elkaar en klopte hem uit boven de vuilnisbak. Soms deed ik expres de vuilnisbak open en dan zag ik kleine stukjes teen liggen.

Als ze klaar waren met hun tenen, namen ze een voetbad. Mama maakte wat water warm, dan konden hun voeten goed weken. Om de beurt gingen ze op een stoel zitten met hun voeten in de afwasbak. Elsje vond het vies, maar mama zei dat het niet vies was. Voor ze ging afwassen spoelde ze de bak altijd goed om. Dat konden we echt wel aan haar overlaten.

Maar vandaag mocht mama haar voeten niet verzorgen van papa. Hij wilde zeil leggen en dan moest alles uit de kamer. En toen werd mama boos. Ze kreeg al geen taartje en nou had ze ook nog eens de hele week zere voeten. Ze kon haar voeten doordeweek niet verzorgen, dat kon alleen op zondag.

Papa stroopte de mouwen van zijn overhemd op. 'Zo, deze reus gaat beginnen. Alles gaat de kamer uit.'

'Waar ga je met die spullen naar toe?' vroeg mama.

'Laat dat nou maar aan mij over,' zei papa. 'Als het moet vreet ik ze op en dan poep ik ze straks weer voor je uit.'

'Ik zou echt niet weten waar je met die zwik heen moet,' zei mama.

'Wie gaat hier nou zeil leggen,' zei papa. 'Jij of ik? Ga nou maar naar de keuken, het komt prima voor elkaar.'

'Je zet toch niet de hele gang vol, hè?' vroeg mama. 'Dan breek ik mijn nek.' En ze ging de kamer uit.

Papa maakte een lange neus achter mama's rug.

'Kunnen jullie me even helpen?' Hij zette de deur naar het balkon open. Zelf pakte hij één kant van de bank en Elsje en ik moesten aan de andere kant gaan staan. 'Zo,' zei papa toen de bank op het balkon stond. 'Nou de stoelen.' Het waren loodzware stoelen, we moesten ze met z'n drieën tillen. Papa zette de stoelen op elkaar op de bank. Het werd een heel bouwwerk. Je kon de overkant niet meer zien.

'Nu de tafel,' zei ik.

'O jee, die hadden we eigenlijk eerst moeten doen.' Papa keek naar de bovenste stoel. 'Als ik daar nou eens het blad op leg.'

'Zou dat lukken?' vroeg Elsje.

'Het moet lukken.' Papa schroefde de poten van de tafel, tilde het blad op en legde het op de bovenste stoel. Even dacht ik dat het bouwwerk ging kantelen, maar het bleef toch overeind. Het was zo hoog geworden dat het blad bijna tegen de bovenkant van het balkon kwam. De tafelpoten legde papa in een stoel.

'Wat heb jij nou gedaan?' vroeg mama toen ze de kamer inkwam.

'Prima toch,' zei papa.

'Man, je bent niet goed bij je hoofd,' zei mama. 'Het is levensgevaarlijk.' Ze voelde aan het blad. Het hing scheef boven de balustrade. 'Eén stootje en het klapt naar beneden.'

'Dat blad is toch al kromgetrokken,' zei papa. 'Dan is het meteen recht.'

'En als er nou eens iemand onder staat,' zei mama. 'Dat is gewoon moord. Je schedel verbrijzelt als je dat loodzware blad op je hoofd krijgt.'

'De buurman heeft toch een houten kop,' zei papa. 'Die kan wel tegen een stootje.'

'Zo meteen gaat het regenen,' zei mama. 'Dan is alles nat.'

'Het gaat niet regenen,' zei papa. 'Daar wordt voor gezorgd. Ik heb de weergoden gesproken.'

'Moet je nou zien.' Mama voelde aan de deur. 'Die kan niet eens dicht. Hij doet weer iets. Je hebt de bank ervoor gezet.'

'Dan blijft-ie open,' zei papa. 'Lekker fris.'

'Fris,' zei mama. 'Het vriest buiten. Met mij hou je nooit rekening, hè?' En daar had mama gelijk in. Mama kon niet tegen kou. Dat kwam door de oorlog, toen had ze zo'n kou geleden, omdat ze geen geld voor kolen hadden. Mama was door en door versteend, zelfs 's nachts werd ze niet meer warm. Mama zei dat kou het ergste was dat er bestond. 'Jullie zullen het niet geloven,' zei ze. 'Maar kou is nog erger dan honger.'

Mama had toen genoeg kou geleden voor haar hele leven.

'Ik blijf hier niet.' Ze liep gauw de kamer uit.

Papa en ik rolden het zeil uit. Het paste niet. Op sommige plekken moest er wat af. Papa pakte een stanleymes. Elsje en ik moesten op het zeil gaan staan zodat het niet verschoof en toen begon papa te snijden. Je kon aan papa zien dat het een heel moeilijk werk was. Hij schoot af en toe uit met het mes. Het zeil paste nu wel, maar papa had er een beetje te veel afgesneden. Er zat een kier tussen de plint en het zeil, maar dat durfde ik niet te zeggen.

'Zo,' zei papa. 'Nu komt het moeilijkste.' Hij moest het zeil om de kachel heen leggen. Hij maakte eerst een patroon van een krant. En dat patroon legde hij op het zeil. Ik vond het heel knap bedacht van papa. Maar toen hij het stuk uit het zeil had gesneden klopte het helemaal niet. Er konden wel twee vingers tussen aan alle kanten. 'Iets te ruim genomen,' zei papa. 'Maar dat kan je ook niet op een millimeter uitrekenen.'

De hele middag was papa bezig.

'Haal mama maar,' zei hij. 'Het is af.'

'Het zal mij benieuwen,' zei mama toen ik haar kwam halen. Ze liep naar de kapstok, deed haar jas aan en haar das om en liep naar binnen.

'Wel een verschilletje, hè?' zei papa. 'We waren er echt aan toe.'

Mama keek naar het zeil. 'Er deugt niks van, man. Je hebt overal te veel afgesneden.'

'Nou nou,' zei papa. 'Overdrijf je niet een beetje? Ik vind dat het keurig ligt voor een amateurtje.'

'Man, kijk dan. Hier is een hele kier.'

'O, dat is zo opgelost.' Papa pakte zijn kleermakersschaar en knipte een rand van het stuk zeil dat over was. 'Hè, net te klein.' En hij legde er nog een reepje naast. 'Zijn we nu tevreden?'

'Dat kan toch niet zo,' zei mama. 'Dat zie je toch.'

'Ja, als je er met je neus op gaat liggen. Als ik met m'n neus op jou ga liggen zie ik ook van alles. Neem nou maar van mij aan dat niemand het zal zien.'

'En deze kier dan. Het is niet eens een kier. Het is een hele gleuf. Waarom mocht ik het niet laten doen?' zei mama. 'Dit is veel duurder. Je hebt het hele zeil verpest, het kan er net zo goed weer uit.'

'Weet je wat zo'n man kost?' vroeg papa. 'En denk maar niet dat hij het beter doet hoor.' Papa knipte nog wat reepjes en stukjes en vulde de lege plekken op.

Mama stond maar met haar hoofd te schudden. 'Het is om te grienen.'

'Ga jij maar huilen,' zei papa. 'Dan haal ik onze spullen binnen voordat je ouders komen.'

'Mijn ouders? Op zondag? Ze komen nooit op zondag.'

'Nee, omdat jij altijd naar Heck moet. Ze komen naar het zeil kijken. Is dat zo gek als je dochter nieuw zeil heeft, dat wil je toch zien?'

'Waarom weet ik daar niks van?'

'Help me liever met de meubels,' zei papa. 'Het gaat regenen.'

'Zie je wel,' zei mama. 'Had ik het niet gezegd.' Ze rende naar buiten. 'Het zou zogenaamd droog blijven.'

'Nou, die jongens daarboven hebben keurig gewacht tot ik klaar was.' Papa stak zijn duim naar de lucht op. 'Bedankt jongens.'

'Zie je nou,' zei papa toen de meubels binnen stonden. 'Je ziet er niks meer van.'

'Ik wel,' zei mama.

'Jij wilt het gewoon zien,' zei papa. 'Je moet niet zo'n drukte maken. Je doet net of de koningin hier komt wonen.'

'Opa en oma zijn er!' riep ik toen ik voetstappen op de trap hoorde. Ik rende naar de deur.

'En?' vroeg oma. 'Is het mooi geworden binnen?'

Papa kwam gauw aangelopen. Hij smoesde wat met oma.

'U zult het wel zien,' zei mama. 'Hij heeft er een zootje van gemaakt.'

Ze hield de kamerdeur voor oma open.

'Schitterend zeg,' zei oma toen ze de kamer inkwam.

'Kijkt u daar eens.' Mama wees naar de kachel.

'Wat bedoel je?' Oma keek mama aan.

'Dat heeft-ie allemaal opgevuld. Dat is geen zeil leggen, dat is de boel plamuren.'

'Zijn dat losse stukjes?' vroeg oma. 'Dat vind ik knap gedaan. Ik zie er niks van.'

'Dat meent u niet,' zei mama.

'Het ligt netter dan bij mij,' zei oma. 'Dat is door een vakman gelegd, maar er zit wel een kier.'

'Een kier?' vroeg opa. 'Waar zit een kier?'

'Dat zie jij niet,' zei oma.

'Van mij mag hij het er zo weer uithalen,' zei mama.

'Je bent te precies, je man heeft het keurig gelegd. Moet jij eens kijken als er hier iemand binnenkomt. Het is prachtig. Geef ons maar een bakje koffie.' Oma keek naar opa die al met zijn vingers zat te trommelen. 'We gaan een kaartje leggen. We moeten toch weten hoe dat gaat op het nieuwe zeil.'

Opa ging al aan tafel zitten.

'Ja, jullie zijn nu wel een deftige familie hoor, met zo'n chique kamer,' zei oma.

'Reuze chic.' Mama liep naar de keuken. Toen schrok ze. 'Hier ligt een hele bubbel. Ik struikel er zowat over.'

'Dat moet nog uitlopen,' zei papa.

'Zo is het,' zei oma. 'En jij moet je voeten optillen, dat deed je vroeger ook al niet.'

~

We mochten niet in de keuken komen. Mama ging haar wenkbrauwen verven. Mama had heel lichte wenkbrauwen. 'Als ik ze niet verf,' zei ze, 'dan lijkt het wel of ik geen wenkbrauwen heb.'

Ik vond dat mama er zonder wenkbrauwen veel liever uitzag. Als ze net waren geverfd, waren ze pikzwart. Dat vond mama zelf ook niet zo mooi. Maar er viel niks aan te doen. Na een paar dagen waren ze weer wat lichter.

Ik wilde best zien hoe mama het deed, maar dat kon niet. Mama had al zo weinig ruimte in de keuken, als een van ons dan ook nog op haar hielen stond, ging het mis. We hoefden maar aan de deur te voelen of de aardappels brandden acuut aan, of ze sneed zich in haar vingers, of ze stootte haar hoofd tegen het eierkastje. Mama stootte haar hoofd regelmatig tegen het eierkastje, ook als er niemand de keuken inkwam. Papa had het veel te laag opgehangen.

Je kon al van tevoren zien dat mama een moeilijk werkje ging doen, dan kreeg ze rode vlekken in haar gezicht. De vlekken kwamen als mama moest wassen, en soms ook bij het koken. Maar als ze haar wenkbrauwen ging verven waren ze vuurrood.

Wenkbrauwen verven was een heel precies werkje. Mama's penseel mocht nooit uitschieten. Het was geen potlood dat je zo kon uitgummen. Het was heel hardnekkige verf die ze er niet meer afkreeg en dan liep ze weken voor gek.

Mama was nog de meeste tijd kwijt met de voorbereiding. Voordat ze de zwarte verf te voorschijn haalde, moest ze zich eerst verkleden.

Mama had speciale werkkleding voor als ze de trap deed. Die trok ze aan. Maar het was ook weer niet de bedoeling dat er verf op haar werkkleding kwam. Mama wilde er toch fatsoenlijk uitzien, ook al deed ze de trap, of maakte ze het balkon schoon. Ze wilde niet in kleren rondlopen die onder de verfvlekken zaten. Daarom trok ze een schort over haar werkkleding aan. Niet een van haar witte gesteven schorten waar ze licht huishoudelijk werk in deed, maar een jasschort dat ze bij bepaalde werkjes droeg zoals het poetsen van de bel en de brievenbus.

Mama zei dat wenkbrauwen verven niet alleen een secuur en tijdrovend werkje was, maar dat je het gerust een riskante onderneming kon noemen. De kans dat er verf in je ogen kwam was groot, en dan was je blind. Daarom mocht niemand haar storen. Voor de keukendeur dichtging, moesten we eerst een plas doen. De wc zat vlak naast de keukendeur en dat stoorde haar ook. Bovendien was er geen gelegenheid meer om onze handen te wassen. We moesten kiezen. Of we bleven in de kamer tot ze klaar was, of we gingen naar buiten, maar dan was het ook de bedoeling dat we buiten bleven. Ze wilde geen geloop.

Ik koos voor de kamer, maar achteraf had ik spijt en wilde ik veel liever hinkelen, maar daar was het nu te laat voor. En de puzzel die ik uit de speelgoedkast had gehaald was veel te makkelijk, maar ik kon hem niet meer ruilen.

Ik had de stukjes net uitgelegd toen de bel ging. Ik had geluk, nou moest ik wel door de gang. Mama stak haar hoofd om de keukendeur. 'Denk erom dat je niemand binnenlaat.'

Ik zag mama's gezicht. Eén wenkbrauw was pikzwart en de andere nog licht.

Ik dacht dat het Ada was, maar er stond een man voor de deur. 'Is je moeder thuis?'

Ik knikte aarzelend. Mama was er wel, maar ook weer niet, ik kon haar niet storen. Ik wilde niet dat ze blind werd.

'Zeg maar dat de deurwaarder er is.' De man stapte ongevraagd de gang in.

Ik liep naar de keuken, maar halverwege de gang ging de keukendeur al open.

'Wie is daar in godsnaam?'

'Er staat een man in de gang,' zei ik.

'In de gang?' Mama ontplofte bijna. 'Ik heb nog zo gezegd dat je niemand mocht binnenlaten. Stuur die vent weg en gauw.'

Ik durfde de man niet weg te sturen en bleef staan.

'Schiet op,' zei mama. 'Als ik zelf de keuken uit moet komen ben je nog niet jarig.'

Ik ging terug naar de man. 'Mama kan niet komen.' Ik vertelde niet van die ene wenkbrauw. Als mama niet wilde dat de man haar zag, mocht hij dat ook niet weten. 'Ik mag u ook niet binnenlaten.'

'Ik sta al binnen, ik heb een huiszoekingsbevel.' De man liep verder de gang in.

Nu ging de keukendeur open. Mama kwam de gang in. Het leek net of ze maar één wenkbrauw had.

'Dag mevrouw.' De man duwde mama een papier in haar handen. Ik zag dat mama steeds roder werd toen ze het las. 'Dit moet een vergissing zijn, mijn man is niet failliet.'

'Het spijt me, mevrouw, maar het is geen vergissing. Uw man heeft nogal wat schulden. Ik kom even bij u kijken of er hier iets te halen valt, waar ik beslag op moet leggen.'

De deurwaarder liep zo door, zonder zijn voeten te vegen. Mama liep in paniek achter hem aan. 'U komt ons huis toch niet leeghalen?'

'Maakt u zich geen zorgen,' zei de deurwaarder. 'De eerste levensbehoeften mag u houden, maar de luxe, tja, die bent u kwijt. We kunnen geen mooi weer spelen van andermans centen.'

'We hebben hier geen luxes,' zei mama. 'Er valt hier niks te halen. Laat u mij alstublieft met rust.'

'Rustig maar.' De deurwaarder liep door naar de kamer.

'Ziet u wel,' zei mama. 'Er staat hier niks overbodigs.'

'Dat maken wij wel uit, mevrouw.'

'Wij?'

De deurwaarder wees achter zich. In de deuropening stond nog een man. 'Dat radiootje kan mee.' De deurwaarder schreef het op.

De man liep naar de radio toe.

'Dit kunt u niet doen,' zei mama. 'Ik ben hier de godganse dag alleen, het is mijn enige afleiding.'

'Heel spijtig.' De deurwaarder gaf de man een teken dat hij de radio kon meenemen.

'U haalt toch niet nog meer weg, hè?' Mama's ogen knipperden en haar rechterschouder schokte. Dat gebeurde altijd als ze gespannen was.

'Mevrouw, wilt u even gaan zitten?' vroeg de deurwaarder. 'Wij moeten rustig ons werk kunnen doen.'

Maar mama ging niet zitten. Ze kon nooit zitten als ze zenuwachtig was. De deurwaarder zette de pendule bij de deur. Ik keek naar de fruitschaal. Daar was mama altijd heel trots op. 'Pas alsjeblieft op dat er niks met mijn fruitschaal gebeurt,' zei ze altijd als we in de buurt van het dressoir kwamen.

Ik volgde de deurwaarder vol spanning, maar de fruitschaal liet hij staan.

Ze inspecteerden het hele huis. Af en toe zette de deurwaarder iets bij de deur, zodat de ander het kon meenemen. De stofzuiger ging ook mee. Als mama vloerbedekking had gehad, was hij blijven staan, maar zeil kon ook geveegd worden.

'De slaapkamer mag u niet in,' zei mama toen de deurwaarder aan de deur voelde. 'Ik heb ons bed net afgehaald, het ligt open.'

De deurwaarder deed de deur open. Zijn ogen bleven op de naaimachine rusten. Mama's half genaaide winterjas lag er nog overheen.

'Nee, ik smeek u, doet u me dat niet aan,' zei mama toen hij de naaimachine taxeerde. 'Ik zou me geen raad weten zonder dat ding. Ik naai alles zelf. Kijkt u maar naar mijn dochter. Die rok die ze aanheeft, heb ik ook gemaakt. Die machine is mijn rechterhand.'

De man keek de deurwaarder vragend aan. Toen hij knikte, pakten ze hem met z'n tweeën op en droegen hem naar buiten.

'Dit kunt u niet menen.' Mama liep achter hen aan.

'Het is nooit leuk, mevrouw. Ik denk dat ik er zo wel ben. Sterkte ermee.' En de man trok de deur achter zich dicht.

'Ik kom nog eens in een inrichting door je vader.' Mama ging de keuken in en deed de deur dicht.

Ik bleef maar in de kamer. Eigenlijk moest ik een plas doen, maar ik wist niet of het al mocht. En ik durfde het ook niet te vragen. Pas toen papa de sleutel in het slot stak, werd de keukendeur opengegooid. Mama stoof de gang op. Ze had twee pikzwarte wenkbrauwen, maar de ene was een beetje mislukt.

'Vuile klootzak die je bent!' schreeuwde mama. 'Je laat me hier gewoon alleen met een paar kerels die mijn huis leegroven.'

Papa liep zuchtend de kamer in. 'Ik zie anders nog genoeg staan. Je kan nog zitten en ons bed zullen ze ook niet hebben meegenomen.'

'Wat denk je wel niet,' schreeuwde mama. 'Stiekemerd. Je

hebt me er helemaal buiten gehouden. Ik wed dat iedereen het wist behalve ik. Wat zullen ze in hun vuistje hebben gelachen. Waarom heb je me niks verteld?'

'Als je het zo graag wilt weten, krijg je het te horen ook,' schreeuwde papa. 'Ik ben alles kwijt, alles. Heb je nou je zin? Al mijn machines zijn in beslag genomen. En mijn atelier ben ik ook kwijt. En jij zeurt over een paar dingen.'

'Een paar dingen?' schreeuwde mama. 'Mijn naaimachine is weg.'

'Ik wil het niet eens horen, mens!' schreeuwde papa. 'Een andere vrouw zou haar man steunen. Hoe denk je dat ik me voel? Niks heb ik aan je. Alleen maar gezeik. Een wildvreemde is nog liever voor me. Daan de Wit van beneden had nog een paar tweedehands naaimachines staan, die kan ik overnemen voor een zacht prijsje. Hij bood het meteen aan toen hij het hoorde.'

'Wat moet je nou met een paar ouwe naaimachines als je geen atelier meer hebt,' zei mama.

'Ik zet ze op mijn harses, nou goed,' schreeuwde papa.

'Je zal toch een atelier moeten hebben,' zei mama. 'En je hebt geen rooie cent te makken. Jij kan alleen maar op de fles gaan. Weet je wat je bent, een grote nul.'

Papa liep de slaapkamer in. 'Hier kunnen ze voorlopig staan.'

Mama ging hem achterna. 'Wat komt hier te staan?'

'Wat denk je nou? Die naaimachines natuurlijk,' zei papa. 'Ik zal toch ergens moeten beginnen. Of wou je soms gras eten?'

'Dus je wilde hier je atelier maken, in mijn slaapkamer?'

'Het is een noodoplossing,' zei papa.

'Man, jij bent een en al noodoplossing. En ik zeker elke nacht in de sigarettenstank liggen. Zet dat maar uit je hoofd.'

'Het zal toch moeten,' zei papa. 'Als je last heb van de rook zetten we het bed zolang in de kamer.'

Terwijl mama bijna flauwviel van ellende deelde papa de

slaapkamer in. 'Hier komt mijn kleermakerstafel. En dan kan Loes bij het raam zitten.'

'Loes?'

'Ja, ik heb een machinestikster in dienst genomen,' zei papa. 'Ze begint maandag. Dan heb ik het weekend de tijd om alles in orde te maken. Het is een fantastische kracht.'

'Dus ik krijg nog een zootje personeel over de vloer ook?'

'Wat nou over de vloer. Jij hebt nergens last van. Ze zitten toch in het atelier? Met de rest van het huis hebben ze niks te maken.'

'Ze zullen toch binnen moeten komen,' zei mama.

'Nou en, alleen dat kleine stukje van de voordeur naar de slaapkamer. Hoeveel stappen zijn dat? Tien? God, god, wat een overlast.'

'Ze moeten toch ook naar de wc,' zei mama.

'Welnee,' zei papa. 'Er moet gewerkt worden. Je denkt toch zeker niet dat ik ze betaal om de hele dag te gaan zitten pissen.'

~

Mama zei dat we ons erop moesten voorbereiden dat ze in een inrichting zou belanden. Dat papa daarop uit was. Dat er met die man niet te leven viel. Hij gedroeg zich niet als haar man, maar als een slavendrijver. Niet alleen had hij het huis vol personeel gepropt, ze moest nu ook meewerken. Alleen op maandagochtend kreeg ze vrij en dan moest ze wassen. Ze mocht bij Gods gratie ons naar school brengen, en dat was dan ook haar enige uitje, voor de rest was ze dag en nacht voor hem in touw. En waarvoor? God mocht het weten. Tot er weer een of andere deurwaarder beslag kwam leggen. Papa bereikte toch nooit iets. En hij bedroog haar waar ze bij stond. Eén machinestikster zou hij in dienst nemen, dat had hij beloofd. En het atelier draaide nog geen twee weken of het zat al vol vreemde wijven.

Papa lachte mama uit. Hij had niet gelogen. Hij had toch ook maar één machinestikster in dienst? Ze had hem niet gevraagd hoeveel handwerksters hij zou aannemen.

Mama voelde zich geen baas meer in haar eigen huis. Die

wijven waren zo brutaal als de beulen. Van de week stond er ineens een in haar kamer. Papa snapte niet waar ze zich druk om maakte. We hadden toch zeker niks te verbergen?

Maar mama wilde het niet. Het hele huis was ingenomen. Ze kon niet naar de wc of er zat al iemand op. Als ze in de keuken kwam, stond er iemand z'n poten te wassen onder haar kraan. De huiskamer was het enige plekje dat ze nog voor zichzelf had. Als het zo doorging konden we haar zo laten wegbrengen.

Papa zag het helemaal niet zo somber in. Hij was juist heel vrolijk. Als ik door de gang liep, hoorde ik hem boven het geraas van de naaimachines uit zingen. 'O ja, wij willen willen willen, vierentwintig vrouwen hebben achtenveertig billen. O ja, wij willen vrolijk zijn.' Het was papa's lievelingslied.

Inmiddels kende ik de vrouwen die bij papa werkten goed. Als we uit school kwamen moesten we ze altijd gedag zeggen. En het was niet de bedoeling dat we dan meteen weer wegliepen. Papa wilde dat we gezellig een praatje met het personeel maakten. Dat gold ook als we naar school gingen, dus zagen we ze vier keer per dag.

Papa liet ons heel duidelijk merken wat hij van ons verwachtte. Ik moest laten zien dat ik heel stoer was en dat je met mij kon lachen. Ik wilde papa niet teleurstellen. Hij was in zijn jeugd al heel erg teleurgesteld door zijn vader, die na de dood van papa's moeder opnieuw was getrouwd. En toen had zijn stiefmoeder papa en zijn zus zomaar in een weeshuis gestopt. En dat had papa's vader goed gevonden. 'Als iemand je zo teleurstelt,' zei papa, 'dan kun je niet meer van hem houden.' Ik wilde dat papa wel van mij hield en als ik stoer was en deed alsof ik overal maling aan had, dan hield papa van me.

Toen ik het atelier inkwam, vertelde ik dat ik met handwerkles de klas uit was gestuurd. Dat de juf boos was omdat ik mijn punnikklosje was vergeten. Ik zei dat ik het expres thuis had laten liggen omdat ik punniken stom vond.

'Nou,' zei papa trots, 'heb ik een woord te veel gezegd? Die hoeven ze niks op te dringen, net als d'r vader. Je bent mijn jongen.' Papa keek me aan. En wat voor jongen? Ik wist precies wat ik moest zeggen. 'Van de gestampte pot,' zei ik. Iedereen moest lachen.

Eigenlijk was het helemaal niet zo leuk. Ik had het klosje wel expres vergeten, maar alleen omdat ik bang was. Ik kon niet punniken en daar schaamde ik me voor. Iedereen had al een lange sliert gepunnikt en onder mijn klosje kwam nog niks uit. Maar dat durfde ik niet aan papa te vertellen.

Voor Elsje waren die bezoekjes aan het atelier veel moeilijker. Elsje was heel ernstig en ze deed heel erg haar best op school omdat ze leren fijn vond. Ze haalde hoge cijfers. Als Elsje dat op opa's verjaardag vertelde waar papa's broers bij zaten, dan was hij wel trots. Maar hij wilde eigenlijk niet dat Elsje aan het personeel liet merken dat ze leren fijn vond. Dat begrepen die naaisters niet. Ze hadden zelf ook geen diploma. Papa vonden ze heel stoer, die vertelde altijd dat hij een halve punt voor aardrijkskunde op zijn rapport had gehad.

Elsje wist niet zo goed wat ze moest zeggen. Ze zei weleens dat ze een mooi liedje had geleerd op haar blokfluit, en dan zei papa dat ze heel veel talent had, net als hij. Dat hij ook zo mooi kon spelen, maar dan op zijn poot. En toen ze vertelde dat de meester van zondagsschool tegen mama had gezegd dat ze zo'n knappe leerling was en had gevraagd of ze een eigen bijbeltje mocht kopen, zei papa dat het wel weer over ging. Dat hij vroeger ook had geloofd, maar dat hij nu nog maar in één ding geloofde: in zijn portemonnee.

Lach dan, dacht ik als ik samen met Elsje in het atelier stond, maar Elsje wist niet dat ze moest lachen. En dat maakte papa kwaad.

's Avonds aan tafel begon hij erover. 'Als jij het atelier in komt, kan er geen lachje af. Voel je je soms beter dan die naaisters?' Als Elsje niks zei, liep hij rood aan. 'Je kunt toch wel lachen als iemand een grapje maakt. Je hoeft je niks te verbeelden, hoor. We kunnen niet allemaal tienen halen, maar daarom zijn we nog wel aardige mensen. Wie denk je wel dat je bent. Als die vrouwen hier niet werkten, hadden wij geen geld. Dan kon je niet eens naar school.'

En dan moest Elsje huilen. Papa liet haar gewoon huilen. Pas als mama in de keuken was, ging hij naar Elsje toe. En dan troostte hij haar. Dan drukte hij haar heel dicht tegen zich aan en zei dat hij helemaal niet boos op haar wilde zijn, omdat hij juist heel veel om haar gaf. En dan hield hij Elsje heel lang vast. Ik hoopte dan altijd dat mama gauw weer binnenkwam.

Er werkten vier vrouwen bij papa in het atelier. Mama zei dat het er drie waren. Beppie mocht ik geen vrouw noemen, dat was een teef. Ze was veel jonger dan de anderen en ze had lelijke tanden.

'Als we zo gaan praten, heb ik ook een man in dienst,' zei papa. Loes was geen echte vrouw, dat was een kerel. Ze had niet alleen haar op haar gezicht, papa wist zeker dat ze overal haar had. Ook op haar borst.

'Ze heeft anders wel een behoorlijke buste,' zei mama.

'Ja,' zei papa, 'maar als een man er een vinger naar uitsteekt gaat ze over haar nek. Als je begrijpt wat ik bedoel.'

Mama begreep wat papa bedoelde, maar ik niet. Ik vond Loes het aardigst. Ze gaf ons elke zaterdag vijf cent om iets lekkers te kopen. En ze zong achter de naaimachine. Terwijl we zaten te lunchen hoorde ik haar ook weer. 'Kijk eens in mijn reet of het theewater kookt,' klonk het door het huis. Ik vond het een spannend lied.

'Loes mag dan wel geen vrouw zijn,' zei mama, 'maar ze is wel fris. Ze glimt als ze 's morgens binnenkomt en dat kan ik niet van iedereen zeggen. Er zit er een bij die 's morgens al naar zweet stinkt en dan moet de dag nog beginnen.' Ze was blij dat ze haar bed in de kamer had gezet. Als ze in die stank zou moeten slapen werd ze nooit meer wakker.

Mama vond Corry het aardigst. Die nam het voor haar op als iemand haar in de maling nam. Corry was verloofd. Dat zou met Beppie niet gauw gebeuren. 'Dan mogen ze wel een krant over haar kop doen. Wie wil er nou iemand met zulke tanden,' zei mama.

'Nou nou,' zei papa, 'overdrijf je niet een beetje.'

'O god,' zei mama. 'Hij is alweer hoteldebotel. Ik heb het wel gemerkt. Je zit steeds te smoezen met die teef. Dacht je soms dat ik het niet in de gaten had? Man, je bent zo doorzichtig.'

'Waar heb je het nou weer over?' vroeg papa.

'Ja, daar kijk je van op, hè? Je had niet verwacht dat ik je door zou hebben. Jij schijnt te denken dat ik helemaal gek ben. Je probeert me wel gek te krijgen, maar het is je nog niet gelukt.'

Papa stond op van tafel en liep kwaad het atelier in. Eigenlijk moest mama ook beginnen. Na de lunch moesten wij de tafel afruimen zodat ze weer aan het werk kon. Maar mama ging niet werken, omdat ze boos was.

Ik keek vol spanning naar de deur van het atelier. Als dit maar goed ging. Na een tijdje werd hij opengegooid. 'Komt er verdomme nog wat van?' schreeuwde papa.

Ik was blij dat mama haar schort voor deed en naar binnen ging.

Ik stapte het balkon op en keek naar beneden. We hadden nieuwe buren gekregen. Papa zei dat ze niet uit de stad kwamen. Ze waren hierheen gekomen omdat meneer Knoop een baan als buschauffeur had gekregen. 'Als je wilt zien hoe een boer eruitziet,' zei papa een keer, 'dan moet je nu naar beneden kijken.' En toen zag ik meneer Knoop lopen. Hij had klompen aan.

'Hij pruimt ook,' zei papa. 'Als er geen smaak meer aan zit dan spuugt hij de pruimtabak uit.'

'Plus alle bacillen,' zei mama.

Ze hadden ook een dochter. Lenie heette ze. Ze was een stuk ouder dan Elsje en ik. Soms was ze in de tuin. Ik keek of ik haar zag.

Mama wilde niet dat we ons met Lenie bemoeiden. Haar

gezicht en haar handen zaten onder de dauwworm en omdat ze het open had gekrabd was het heel besmettelijk. Mama was bang dat ze het zelf ook kreeg. Dan werden haar handen verbonden en dat kon ze nu niet hebben. Ze moest haar brood met haar handen verdienen.

Lenie had ook een poes, Mieke. Ze hield Mieke binnen, omdat ze krols was. Lenie was bang dat ze zwanger zou worden. Mieke was al een paar keer zwanger geweest en toen had Lenies vader de kleintjes verdronken. Op één na, die mocht ze houden.

Papa zei dat ik het me niet moest aantrekken. Dat het echte boeren waren, die verzopen alles, behalve hun geld. Waarschijnlijk had hij zijn eigen kinderen ook verzopen. Lenie was niet voor niks enig kind.

In de straat vond niemand meneer Knoop aardig. We mochten nooit voor zijn deur spelen omdat hij overdag moest slapen. Mama begreep het wel. Ze zei dat die man zijn rust nodig had omdat hij 's nachts tot laat op de bus zat.

Maar wij hielden er niet altijd rekening mee. Als we toch voor zijn deur voetbalden, kwam hij in zijn lange witte onderbroek naar buiten gerend en dan pakte hij de bal af en nam hem mee naar binnen.

Hij kwam ook een keer bij papa langs. Hij klaagde dat de machines zo'n lawaai maakten en dat het huis trilde. Zijn slaapkamer lag er precies onder. Hij deed zo geen oog dicht.

Papa zei dat hij het heel vervelend vond, maar dat hij toch zijn brood moest verdienen. Hij had al speciaal om het geluid te dempen, planken onder de machines getimmerd met stukken autoband erop.

'Zie je nou,' zei mama toen de buurman weg was. 'Je bent die mensen tot last. Wie begint er nou een atelier in een bovenhuis.'

Papa lachte haar uit. 'Als die knuppel rust wil hebben, dan had-ie maar tussen de koeienstront moeten blijven zitten.' En toen begon al het personeel te lachen, vooral toen mama er tegenin ging.

Ik wilde niet meer horen dat ze mama uitlachten en ik ging buiten spelen. Op de trap hoorde ik Loes galmen. 'Kijk eens in mijn reet of het theewater kookt...' Ik wist nog steeds niet wat het betekende, maar het bleef een stoer lied. Dit lied kende niemand in de straat. Ik was er trots op en begon het heel hard te zingen.

'Wat zing jij nou?' vroeg mevrouw Overwater, die uit het raam hing. 'Dit is een nette straat hoor. Zulke liedjes horen hier niet.'

~

Wij gingen schoenen kopen met mama. Mama zei dat het nog een hele toer zou worden voordat we geslaagd waren, omdat ik erg smalle voeten had. Zo smal dat er bijna geen schoenen voor bestonden.

'Je moet nooit onderschatten hoe belangrijk goeie schoenen zijn,' zei mama. 'Je hebt maar één paar voeten en daar moet je je hele leven mee doen. Van verkeerde schoenen krijg je misvormde voeten. Jullie kunnen me nou wel uitlachen, maar kijk maar eens goed naar papa's voeten, die hebben ze vroeger op veel te kleine schoenen laten lopen. Daar heeft hij een hamerteen aan overgehouden. Daardoor kan hij nooit zomaar schoenen kopen. Winkel in, winkel uit moet hij en als hij dan eindelijk schoenen heeft gevonden moeten ze nog een week op de leest. Schoenen moeten niet alleen ruim zijn, er moet ook een goeie pasvorm in zitten. Weten jullie wat er anders gebeurt? Dan krijg je doorgezakte voorvoeten. En dan zit je je hele leven aan steunzolen vast.' Mama haalde een steunzool uit haar schoen. 'Hier moet ik elke seconde van de dag op lopen, op zo'n ijzeren kreng. Neem maar van mij aan dat dat geen pretje is. Dat wil ik jullie besparen. Jullie vader heeft ook steunzolen, maar hij draagt ze niet. Hij vreet liever de ene buis Chefarine Vier na de andere leeg dan dat hij zijn steunzolen in zijn schoenen doet.' Mama wist zeker dat dat de oorzaak van zijn hoofdpijn was. Van verwaarloosde voeten kreeg je niet alleen hoofdpijn en rugpijn, je hield er de gekste kwalen aan over. Mama had weleens gelezen dat iemands gezichtsvermogen achteruit was gegaan, alleen maar omdat hij geen steunzolen droeg.

Buiten kwamen we Ada tegen.

'Wat gaan jullie doen?' vroeg ze.

'Schoenen kopen,' zei ik.

Mama trok me mee. 'Je hoeft niet alles aan de grote klok te hangen!' En ze liep snel door.

'Op hoop van zegen,' zei mama toen we bij de schoenenwinkel aankwamen. Van Rijn heette hij. Mama zei dat het de enige winkel in de stad was waar ze behoorlijke schoenen verkochten.

Elsje en ik wilden even in de etalage kijken, maar mama trok ons mee. Dat had helemaal geen nut. Het ging er niet om of we schoenen zagen die we mooi vonden, ze moesten goed zitten.

Meneer Van Rijn kwam meteen naar mama toe. Hij wist dat mama alleen door hem geholpen wilde worden.

'Het is weer zover,' zei mama. 'Voor Elsje zal het wel lukken, maar voor haar hou ik elke keer mijn hart vast.'

'We zullen ons best doen.' Meneer Van Rijn gaf mij een knipoog. Hij keek onder onze schoenen en liep naar achteren.

We moesten onze schoenen vast uittrekken. Mama keek of er geen gat in onze sok zat. Van mijn sok haalde ze nog gauw een pluisje.

Meneer Van Rijn kwam met een stapel dozen terug. Hij maakte de eerste doos open en haalde er een paar rode schoenen uit.

'O nee!' riep mama uit. 'Alstublieft geen instappers.'

'U zult zien hoe stevig ze zitten. Probeer ze maar eens.' Meneer Van Rijn trok de schoenen bij Elsje aan. Ze pasten meteen en Elsje vond ze mooi.

'Die wil ik ook,' zei ik.

'Je hebt geluk,' zei meneer Van Rijn. 'Ik heb ze in jouw maat nog in het blauw.' En hij haalde ze uit de doos.

'Geen sprake van,' zei mama. 'Jij verliest ze.'

'Daar hoeft u niet bang voor te zijn.' Meneer Van Rijn wees op het elastiek. 'Hiermee wordt de schoen vastgehouden.'

'Niet bij haar,' zei mama. 'Ze heeft niks om vast te houden.'

'Gelooft u me nou maar.' Meneer Van Rijn trok de schoenen bij me aan. Om mama te overtuigen mocht ik een rondje door de winkel lopen.

'Nou? Sloffen ze?'

'Nee.' Ik bleef voor de spiegel staan. Ze waren mooi. In het blauw vond ik ze nog mooier omdat dat mijn lievelingskleur was.

'Toch durf ik het niet aan,' zei mama.

'Als je moeder het niet wil moeten we ze weer uittrekken. Ik heb nog wel iets.' Meneer Van Rijn haalde blauwe schoenen met riempjes uit de doos.

Mama schudde haar hoofd. 'Daar begin ik helemaal niet aan. Die bandjes gaan binnen de kortste keren lubberen.'

'Dan bent u aangewezen op veterschoenen.'

Mama knikte.

Meneer Van Rijn deed de schoenen weer in de doos en nam ze mee naar achteren. Het duurde even, maar toen kwam hij terug.

'Dit is dan nog het enige paar dat ik voor haar heb.' Meneer Van Rijn haalde een paar bruine schoenen met veters uit de doos.

'Prachtig!' riep mama. 'En spekzolen zijn onverslijtbaar.'

'Dat klopt,' zei meneer Van Rijn.

'Die vind ik niet mooi,' zei ik.

'Je weet wat ik heb gezegd,' zei mama. 'Pas ze nou maar aan.'

Meneer Van Rijn hielp me in de schoenen en strikte de veters. 'Ga maar eens een rondje lopen.'

Ik kon er niet zo goed op lopen, ze waren zo zwaar. Nog zwaarder dan de schoenen die ik aanhad. En ik bleef met mijn voeten aan het kleed haken.

'Gewoon lopen,' zei mama. 'Zo kan ik het niet zien.'

Ik probeerde gewoon te lopen, maar het lukte niet.

'Ze moet nog een beetje wennen aan die spekzolen,' zei meneer Van Rijn. 'Maar ze zitten stevig.'

'Zijn ze echt niet te klein?' vroeg mama. 'Kom eens staan.'

Mama drukte keihard op de punt van mijn schoen.

'Au!' riep ik.

'Dus hier zit je voet al,' zei mama. 'En hier?'

Ik trok mijn teen gauw terug.

'Blijven staan,' zei mama.

'Ze heeft echt genoeg ruimte,' zei meneer Van Rijn. 'Groter mogen ze niet.'

'Op uw verantwoording dan maar,' zei mama. 'Dan nemen we deze.'

Meneer Van Rijn trok de schoenen uit en stopte ze weer in de doos.

'Fijn hè, dat we zo goed zijn geslaagd?' Mama kneep in mijn arm en liep achter meneer Van Rijn aan naar de toonbank. 'U weet niet half hoe ik hierover heb ingezeten.'

'Ik wil die schoenen niet,' zei ik.

'Jij hebt niks te willen,' zei mama.

'Ik draag ze toch niet.'

Mama rekende af.

'Alsjeblieft.'

Elsje pakte trots de doos waar haar schoenen in zaten, maar ik wendde mijn gezicht af.

Mama duwde de schoenendoos in mijn handen. 'Je draagt je eigen schoenen.'

'Ik wil ze niet.' Ik liet de doos expres vallen.

'Raap op,' zei mama. 'Als ik het moet doen zwaait er wat.'

Ik raapte de doos op en ging naar buiten. Ik wilde mama geen hand geven, zo boos was ik.

'Ik schaam me dood voor jou,' zei mama. 'Wat moet die man wel niet denken?'

Ik moest huilen. 'Niemand heeft zulke schoenen met veters.'

'Ondankbaar kind,' zei mama. 'Wees blij dat we schoenen voor je hebben gevonden. Je hebt probleemvoeten, daar zal je je hele leven rekening mee moeten houden.'

'Elsje heeft wel mooie schoenen,' zei ik.

'Elsje heeft normale voeten,' zei mama. 'Weet je wat er gebeurt als jij op Elsjes schoenen gaat rennen? Dan verlies je ze.'

'Nietes,' zei ik. 'Ik verlies ze heus niet.'

'Dan gebeurt er nog iets veel ergers,' zei mama. 'Dan ga je met je tenen klauwen om ze vast te houden. Daar vergroeien je voeten van. Dan hoeven we helemaal nooit meer naar een gewone schoenenzaak. Dan kunnen we naar een orthopeed om je speciale schoenen aan te laten meten. Wil je dat soms?'

Ik dacht aan de film van Heidi en Peter. Clara had ook van dat soort schoenen.

Toen we de straat inkwamen, kwam Ada naar ons toe. 'Laat je schoenen eens zien?'

Elsje bleef trots staan, maar ik liep kwaad door met mama. Mama trok zich er niks van aan. Ze ging de trap op en hield de deur voor me open. 'Ik ga niet naar binnen, eigen schuld, moest je maar niet van die stomme schoenen voor me kopen.' En ik draaide me om.

'Dan moet je het zelf maar weten.' Mama ging naar binnen en deed de deur dicht. Ik keek naar de doos. Ik moest die schoenen zien kwijt te raken.

Ineens ging de deur weer open en mama kwam naar buiten gerend. Aan haar ogen zag ik dat ze heel erg was geschrokken en ze zag spierwit.

'Mama, wat is er?' vroeg ik.

'Je vader... je vader...' Mama haalde diep adem en toen liep ze weer naar binnen. Ik ging haar achterna.

Papa en Beppie stonden in de kamer. Beppie knoopte haar blouse dicht en papa's stropdas hing los.

'Eruit jij!' schreeuwde mama. 'Vuile hoer!'

Beppie rende langs mama de kamer uit. Ze pakte haar jas en ging naar buiten.

'Ploert!' schreeuwde mama. Ze greep de bos tulpen uit de vaas en sloeg ermee op papa's hoofd.

Papa moest wel iets heel ergs hebben gedaan. Van mama moesten de bloemen minstens een week staan en nu waren ze nog maar een dag oud.

'Vuile viezerik!' De blaadjes dwarrelden door de kamer. Mama sloeg net zolang tot de stengels braken. Toen smeet ze ze huilend op de grond, rende de keuken in en gooide de deur achter zich dicht.

Ik stond daar maar in de gang en hoorde mama snikken.

Ik keek heel lang naar de doos die ik nog steeds in mijn handen had. Toen maakte ik hem open, haalde de schoenen eruit en trok ze aan.

~

Papa zou een eindje met mij gaan rijden. Niemand mocht mee, mama niet en Elsje ook niet. Hij wilde iets met me bespreken, en dat maakte het helemaal bijzonder. Papa besprak altijd alles met Elsje en nooit met mij. Hij zei dat ik daar nog te klein voor was, maar dat was een smoes. Elsje had me verteld dat hij bang was dat ik alles aan mama zou doorvertellen. Dat wist Elsje, want zij kreeg altijd dingen te horen die mama niet mocht weten. Papa zei dat het veel beter voor mama was als ze die dingen niet wist. Hij was bang dat ze anders in de war zou raken.

Eindelijk zou ik die dingen ook te horen krijgen. Ik zou mijn mond houden, net als Elsje. Ik wilde niet dat mama overstuur zou raken.

Ik vroeg waar we naar toe gingen, maar papa wist het nog niet. Hij zei dat we zomaar een eindje gingen toeren. Ik had er zin in en rende de trap af. Ik vond het niet leuk dat mama ons niet uitzwaaide, maar tegelijk was het ook wel weer fijn. Ik mocht nu tenminste voorin zitten.

'Wat nou botsing,' lachte papa altijd mama's bezorgdheid weg. 'Ik weet heus wel wat ik doe. Boem is ho.'

De auto startte in één keer. Ik was verbaasd, maar papa nog meer. Van schrik gaf hij veel te veel gas. De straat stond vol rook, maar die rook leek veel minder erg zonder mama.

Ada stond op straat met haar gezicht tegen de muur. Ik zag dat ze aftelde. Ze deden verstoppertje. Toen ze zich omdraaide zwaaide ik naar haar. Ik vond het jammer dat de anderen zich allemaal verstopt hadden. Nou konden ze niet zien dat ik alleen met papa in de auto zat.

We reden de straat uit. De auto sloeg niet af, ook niet bij de hoek. Meestal gebeurde dat wel en dan begon mama te mopperen dat papa een kluns was en dan zei papa dat de auto nooit afsloeg alleen als mama erin zat. Dat ze ongeluk bracht.

Ik keek opzij. Papa zou straks wel over mama beginnen. Het kon ook dat hij de auto ergens heen reed en dat we een eindje gingen wandelen. Dat deed hij met Elsje ook zo vaak. In huis durfde hij niet zo goed met Elsje te praten. Ook niet in ons kamertje. Mama had heel goede oren. Je kon nooit weten of ze achter de deur stond te luisteren. Papa ging weleens zogenaamd een boodschap doen met Elsje. Papa moest altijd 's avonds weg. Hij had twee thuisnaaisters bij wie hij werk moest ophalen en die hij nieuw werk moest brengen.

Elsje en ik wilden alletwee mee, maar papa zei altijd dat hij niet met een hele kinderschaar bij die mensen kon komen aankakken. Er kon er maar een mee en dat was altijd Elsje. Ik zei weleens tegen mama dat ik het gemeen vond, maar mama wilde er niks over zeggen. Ze was allang blij dat hij Elsje bij zich had. Mama vertrouwde hem niks bij die vrouwen. Mij kon papa alles wijsmaken, zei mama. Ze wist niet waar ik met mijn hoofd zat, maar niet op deze aarde. Maar Elsje had haar ogen niet in haar zak zitten, die hoefde hij niks op de mouw te spelden.

Ze bleven meestal heel lang weg en als ze thuiskwamen, zag Elsjes gezicht altijd vuurrood. Soms had ze pijn in haar zij maar dat mocht niemand weten, alleen ik. Dat kwam omdat ze heel goed moest luisteren als papa over mama vertelde. Elsje kreeg niet alleen alle problemen te horen, maar als papa uitverteld was, vroeg hij haar ook om raad. De laatste tijd had Elsje steeds vaker last van haar zij. Mama ging met haar naar de dokter en die zei dat het de zenuwen waren. Dat kon mama niet geloven. Ze snapte niet waar Elsje gespannen van werd. Van mij kon ze het zich nog voorstellen, ik trok me altijd alles heel erg aan, maar Elsje was keihard, zei mama. Die leefde overal langsheen. 'Het interesseert haar niks dat ik zo'n rotleven heb,' zei mama. Het zou kunnen dat het door school kwam. Elsje wilde altijd de beste van de klas zijn. Mama had al zo vaak gezegd dat ze zich niet zo druk moest maken, maar ze wilde toch nooit luisteren. Het kwam in elk geval niet door thuis. Ze had alles wat haar hartje begeerde en papa droeg haar op handen. Hij was veel liever voor Elsje dan voor haar. Soms leek het wel of Elsje zijn vrouw was in plaats van mama. Dat had papa's eigen zuster gezegd.

Ik keek naar papa. Zo meteen ging hij mij ook om raad vragen. Ik ging vast rechtop zitten zodat ik goed naar hem kon luisteren. Ik was van plan heel erg mijn best te doen om goede raad te geven. Wat moest papa anders? Hij kon toch niet alles in zijn eentje oplossen? Elsje zei dat andere mannen voor alles bij hun vrouw terecht konden. En dat papa zo'n vrouw nou eenmaal niet had. Dat hij nooit steun van mama kreeg en altijd rekening met haar moest houden.

Ik kon wel merken dat papa ergens mee zat. We kwamen langs een winkel, THEO'S BLOEMEN stond erop. Anders nam papa altijd even zijn hoed af. 'Dag Theo,' zei hij dan. 'Alles goed met je?' Maar nu reed hij gewoon door. Ik lette heel goed op of er geen kind tussen twee geparkeerde auto's door de straat over vloog en of er geen fietser uit een zijstraat kwam. Dat deed mama altijd en die was er nu niet bij.

Ik vroeg nog een keer aan papa waar we heen gingen.

'Daar vraag je me wat.' Papa zei dat het niet uitmaakte waar we heen gingen. Hij wilde iets met me bespreken en dat kon overal. Als het toch overal kon, dan wilde ik het liever meteen. Ik vond het ineens een beetje eng. Papa keek zo ernstig en hij maakte helemaal geen grapjes, dat was ik niet van hem gewend.

'Weet je wat,' zei papa, 'ik zet de auto wel even aan de kant.' Het was best een ruime plek, maar niet voor papa. Ik moest uitstappen om te kijken of hij niet botste.

'Zo,' zei hij toen we weer in de auto zaten. 'Papa moet je iets vertellen. Hij vindt het zelf heel moeilijk, daarom moet je me beloven dat je niet gaat huilen, want dan maak je het nog moeilijker voor papa.'

Ik haalde diep adem en beloofde dat ik niet zou gaan huilen. Maar papa's ogen stonden ineens zo verdrietig en het leek wel of er heel weinig lucht in de auto was zodat ik al bijna moest huilen terwijl papa nog niks had gezegd.

'Luister, papa gaat bij jullie weg, hij gaat ergens anders wonen.'

Ik was even vergeten dat ik niet mocht huilen. 'Nee,' zei ik, 'dat wil ik niet.' Ik sloeg mijn handen voor mijn ogen en begon te snikken.

'Papa doet het niet om gemeen te zijn,' zei hij. 'Of omdat hij niet meer van jullie houdt, hij doet het voor mama. Mama wil dat papa weggaat. Ze wordt heel ongelukkig van papa en dat moet niet. Dat zou jij ook niet willen.'

'Nee! Je mag niet weggaan,' huilde ik. 'Je moet bij ons blijven.' Ik raakte zo in paniek dat ik de auto uit wilde rennen, maar papa greep me bij mijn arm.

'Je moet nooit voor moeilijkheden op de loop gaan. Denk eens aan je zus. Voor Elsje is het nog erger. Je weet hoezeer ze aan papa hangt. En voor mama zal het ook geen gemakkelijke tijd worden. Jij bent mijn jongen, ik reken op je.'

'Ik vind het zo erg...' huilde ik.

'Je moet flink zijn,' zei papa. 'Ik laat jullie niet in de steek. Elk weekend kom ik jullie een middagje halen.'

'Waar ga je dan heen?' vroeg ik.

Dat wist papa niet. Papa wist helemaal niet waar hij heen moest. Dat was het laatste waar papa aan dacht, waar hij zelf heen moest. Hij dacht aan ons en aan mama. 'Kan ik op je rekenen?'

Toen ik knikte, startte hij de auto.

Ik keek naar buiten. De huizen waren ineens grauw en de skelterwinkel waar we langskwamen zag er lang niet meer zo aantrekkelijk uit.

Mama zag aan mijn gezicht dat papa het had verteld.

'Denk erom,' zei ze, 'dat je het niet gaat lopen verder vertellen. Niemand mag het weten. Als ze erachter komen dat papa en ik gaan scheiden, dan gaan ze over ons praten. Dan wijzen ze ons na en dan kan ik hier niet meer wonen. Niet dat het hier zo fijn is, maar we hebben niet zomaar een ander huis en dan worden we dakloos. Dan kunnen we bij het Leger des Heils op de stoep gaan staan en bidden en smeken of er een slaapplaats voor ons is. En denk maar niet dat het daar zo prettig is. Dan komen we op een slaapzaal tussen de zwervers. Op bedden van kranten.'

Ik kreeg geen adem en moest naar buiten.

'Je hebt het in je eigen hand,' riep mama mij na.

Ik rende het portiek uit de straat op.

Ada kwam meteen naar me toe. 'Wat is er?' vroeg ze.

'Papa...' zei ik, 'papa gaat bij ons weg...'

'Kom maar.' Ze liep naar de anderen die tikkertje deden. 'Zij mag hem zijn.'

'Waarom?' vroegen ze.

'Omdat haar ouders gaan scheiden,' zei Ada.

~

Mama schepte 's avonds altijd het eten voor ons op, dat deed ze toen ook, maar niet voor papa.

Ze zei ook niks tegen papa en papa zei niks tegen mama.

De aardappels waren nog een beetje hard. 'Mag ik even een bijl?' zou papa anders hebben gezegd. 'Dan kan ik mijn aardappels doorhakken.' Maar nu deed hij de aardappel op zijn lepel en gooide hem zonder iets te zeggen terug in de schaal.

Papa en mama spraken ook niet tegen ons. Ze keken alleen maar naar hun bord.

Elsje en ik zaten tegenover elkaar aan tafel. Elsje keek me aan, maar ik keek gauw weg. Ik voelde dat ik moest lachen. Ik moest altijd lachen als ik iets spannend vond. Ik beet op mijn lip, maar ik kon de lach niet meer tegenhouden.

Papa gaf een klap met zijn hand op tafel. 'Ophouden met dat stomme gegrinnik.'

Omdat we niet mochten lachen, konden we het helemaal niet meer tegenhouden.

'Is het nou verdomme afgelopen!' schreeuwde papa. Er vloog een beetje speeksel over de tafel met een stukje aardappel.

Elsje en ik begonnen nog harder te lachen.

'Jij bent de aanstichtster!' schreeuwde papa. 'De kamer uit! Als je niet meer hoeft te lachen kan je weer binnenkomen.'

Ik liep proestend de kamer uit. Ik stond al best lang op de gang. Elke keer dacht ik dat ik niet meer hoefde te lachen, maar zodra ik aan Elsje dacht, begon het weer.

Na een tijdje hoorde ik voetstappen en werd de deur opengerukt. 'Binnenkomen en je bord leegeten!' zei papa.

Ik ging naar binnen. Niet lachen, dacht ik. Als Elsje niet naar me keek moest het lukken, maar Elsje keek wel en ik schoot weer in de lach.

'Jullie schijnen het allemaal nogal leuk te vinden wat hier aan de hand is!' schreeuwde papa. 'Wat zijn jullie voor kinderen!' Hij smeet zijn servet neer, stond op en verdween achter de krant.

Terwijl ik verder at, stapelde mama de borden op elkaar. Haar handen trilden. Toen ik mijn bord naar de keuken bracht, zag ik dat ze een flesje uit de kast haalde. Mama liet er wat druppeltjes uit lopen in een beker, deed er wat water bij en dronk de beker leeg. Ik kende die druppeltjes wel, die had ze van de dokter gekregen voor als ze heel zenuwachtig was. En nu was papa nog niet eens weg en had ze de druppeltjes al nodig.

Gelukkig bleef papa niet boos. Hij gaf ons een nachtzoen. Toen hij ons kamertje uit was, moest ik huilen.

Elsje zei dat ik bij haar in bed moest komen liggen. Ze sloeg een arm om me heen.

'Ik weet niet eens waar papa heen gaat,' zei ik. Maar dat wist Elsje ook niet.

Ik zei dat ik niet wou dat papa de hele nacht op straat moest blijven. Maar Elsje zei dat het gelukkig niet regende, en dat papa dus niet nat zou worden.

'Maar het is buiten wel koud,' huilde ik.

Elsje zei dat papa het niet koud kreeg, omdat hij een heel dikke jas had en dat hij waarschijnlijk ook zijn lange wollen onderbroek zou aantrekken.

Elsje en ik hadden papa uitgelachen toen hij de wollen onderbroek had gekocht, maar daar hadden we nu spijt van.

Toch moest ik nog huilen, omdat papa zo alleen was. Maar Elsje zei dat iedereen papa altijd aardig vond en dat als hij ergens aanbelde hij vast wel binnen mocht komen. Ze dacht dat papa misschien wel bij een heel lief oud dametje mocht wonen dat heel goed voor hem zou zorgen. En dat ze ook voor ons zou zorgen als wij op zondag kwamen. En toen bedacht ik weer dat ze zo aardig was dat ze misschien wel voor mama zou willen zorgen als mama het niet alleen aankon, maar dat papa dat niet mocht weten.

Even waren we gerustgesteld, maar ineens waren we toch weer bang dat er helemaal geen lief oud dametje zou zijn en dat papa helemaal alleen over straat moest lopen. En papa kon niet goed tegen alleen zijn, dat zei hij altijd. Hij hield van gezelligheid.

Ineens werd Elsje ook bang. Dat kwam omdat mama vandaag alles zo hard had gedaan. Ze had de deuren heel hard dichtgeslagen en de schaal zo hard op het aanrecht gezet dat hij was gebroken. Elsje was bang dat als papa weg was, mama alles nog harder zou doen.

'Dan wil ik niet dat ze mijn pleister eraf trekt,' zei Elsje.

Nu moest ik Elsje opbeuren, want dat had ze net bij mij ook gedaan. Ik zei gauw dat het ook niet hoefde. We moesten gewoon nooit meer hollen, dan vielen we ook niet. Maar Elsje wilde ook niet dat mama onze nagels knipte. Ik zei dat we dat dan gauw aan papa moesten vragen als hij ons zondags kwam halen. 'Maar ik wil ook niet dat mama de thermometer in mijn bil steekt als ik ziek ben,' zei Elsje.

Ik dacht heel lang na en toen wist ik hoe ik haar gerust kon stellen. 'Je wordt gewoon niet meer ziek,' zei ik.

Dat vond Elsje een goed idee, maar dan moest ik ook niet meer ziek worden, anders stak ik haar aan.

'Goed,' zei ik en toen beloofden we elkaar dat we nooit meer ziek zouden worden.

We hadden zo lang gepraat dat het buiten al donker was. Bij Engel was het licht al uit, maar de moeder van Olga ging altijd vroeg naar bed. Ik vond het raar dat papa nog niet weg was, maar Elsje dacht dat papa pas midden in de nacht zou vertrekken, heel stilletjes als iedereen in de straat sliep, omdat niemand het mocht weten.

Elsje zei dat ze vanmiddag met Sylvia had gespeeld en dat ze het heel moeilijk had gevonden om niks te zeggen, maar dat het haar toch was gelukt. Ik zei dat ze heel knap was, veel knapper dan ik. En toen moest ik huilen en vertelde Elsje eerlijk dat ik het wel had doorverteld. En toen begon Elsje ook te huilen omdat we dan binnenkort geen huis meer zouden hebben.

Ik troostte Elsje en zei dat we bij het Leger des Heils mochten slapen. Maar Elsje wist niet of ze daar ook mocht blokfluiten. En ze was bang dat we dan niet meer naar zondagsschool konden omdat het te ver was. En ze was vooral bang dat niemand op die slaapzaal haar lief zou vinden omdat het allemaal mensen waren zoals de vrouwen die bij papa werkten. Ik beloofde Elsje dat ik haar wel zou vertellen wanneer ze moest lachen.

En toen moesten we alletwee huilen omdat we wel wisten dat mama dat nooit aankon. Het was mijn schuld dat we ons huis kwijt zouden raken dus ik vond ook dat ik een oplossing voor mama moest bedenken. En ineens wist ik het. We konden vragen of mama zolang bij de moeder van Ada mocht wonen, tot we een ander huis hadden. En toen waren we weer gerust.

Elsje kneep in mijn hand. De deuren naar het balkon werden op een haak gezet. Dat deed mama altijd voor ze ging slapen. We luisterden, maar we hoorden papa niet weggaan. We wachtten tot het heel stil was en toen sloop ik uit bed. Ik keek naar de kapstok, maar papa's jas hing er nog.

~

Ada wilde niet met me spelen, omdat ik had gelogen. De andere kinderen uit de straat waren ook kwaad. 'Je ouders gaan helemaal niet scheiden,' zeiden ze. 'Je hebt het alleen maar gezegd omdat je 'm met verstoppertje spelen wou zijn.'

En mevrouw Overwater riep naar beneden dat ik niet van die malle praatjes moest rondstrooien, omdat papa nog steeds bij ons woonde. En dat was zo.

Elsje en ik begrepen er niks van. Het was nu alweer drie dagen geleden dat papa weg zou gaan. Daarna had hij er geen woord meer over gezegd, ook niet tegen Elsje. En mama zei ook niks.

Mama had gisteravond ook weer papa's eten opgeschept en ze had voor het eerst weer tegen hem gepraat. Ze zei dat hij z'n servet verkeerd om had gedaan met de vetvlekken tegen zijn overhemd aan en dat hij dan nog beter helemaal geen servet om kon doen. En vandaag had ze al twee dingen tegen hem gezegd. Eerst dat zijn hele colbert onder de roos zat. En daarna dat hij zijn vuile stinkschoenen niet in de gang moest zetten, maar op het balkon, omdat anders de zweetlucht door het hele huis trok. Dat hij dat maar in zijn nieuwe atelier moest doen.

Omdat mama Beppie niet meer over de vloer wilde hebben en papa haar niet zomaar kon ontslaan, had hij een nieuw atelier gevonden. Aan de overkant woonden oom Jacob en tante Riek. Ze waren geen familie van ons, maar papa kende ze goed en daarom mochten wij oom en tante zeggen. Onder hun huis zat een kelder en die kelder wilden ze zolang aan papa verhuren.

Elsje zei dat papa nog steeds niet weg was gegaan omdat zijn atelier in ons huis was, maar dat het nu zou gaan gebeuren. We waren meteen een stuk geruster. Als papa wilde, dan kon hij daar ook slapen en als hij zo dichtbij werkte, konden we altijd naar hem toe gaan. En als het dan misging met mama, konden we dat vertellen. Mama nam nog steeds druppeltjes. Dat zag ik aan het flesje. Er was al een heleboel uit. Ik hoorde mama 's nachts ook een keer naar de keuken gaan. Toen ze weer in bed lag, ben ik gauw gaan kijken. Het flesje stond er niet, maar wel een beker waaruit ze had gedronken. Toen ik eraan rook herkende ik de lucht meteen.

Mama zei dat ze blij was dat papa met z'n atelier opdonderde. En dat het haar niks kon schelen wat hij allemaal in die kelder met andere wijven uitspookte. Dat hij z'n personeel wel een gasmasker mocht geven omdat het er heel erg stonk.

Ze zei dat oom Jacob een zuiplap was die de halve nacht in het café zat en overdag zijn roes uitsliep. 'Ik begrijp niet dat je in zo'n stank wilt werken,' zei ze.

Maar papa zei dat er overal wel iets was.

'Er zit niet eens een raam in die kelder,' zei mama.

Ook dat vond papa niet erg. Hij kon de deur naar boven openzetten en dan kwam er toch frisse lucht binnen.

'Frisse lucht!' riep mama. 'Een vuile dranklucht zal je bedoelen. Hoeveel huur moet je eigenlijk voor dat kolenhok betalen?'

Papa zei dat het haar niks aanging.

'Ik zou het maar niet aan die Jacob afdragen,' zei mama, 'dan zuipt hij het meteen op.'

Papa vond dat mama zwaar overdreef. Dat oom Jacob weleens een borreltje te veel nam, was echt niet zo erg.

We mochten mee naar de kelder, zodat we konden zien waar papa's atelier kwam.

Met z'n drietjes staken we de straat over. De voordeur stond niet open, maar we konden toch naar binnen. Dat kwam omdat er in de deur drie ruitjes boven elkaar zaten. Het onderste ruitje was kapot en als je je hand door het gat stak, kon je de deur openmaken. Papa deed ons voor hoe we dat moesten doen. Het ruitje was al heel lang kapot. Hij dacht niet dat het snel zou worden gemaakt.

We kwamen in een smalle gang. De deur van de wc stond open. Oom Jacob kwam er net af. Het leek wel of hij slaapwandelde. Hij zag ons niet eens en verdween in een kamertje. Ik gluurde naar binnen. Hij lag met z'n kleren aan op bed.

Papa deed de deur dicht. 'Laat hem maar slapen.'

Vlak naast de kamer waar oom Jacob sliep, zat een deur die naar de kelder ging. Het was pikdonker.

Papa ging ons voor en deed beneden het licht aan.

We kwamen in een lage ruimte. Papa kon nog net staan.

'Hier ga ik werken.' Hij deed een deur open. De ruimte was nog helemaal leeg. De muren waren van kalk en op de grond lag beton. Papa zei dat dat makkelijk was omdat hij dan zo zijn peuken op de grond kon uittrappen. Hij vond het ook niet erg dat het zo laag was. Papa had alleen een oliekacheltje en als er een hoog plafond was, kreeg hij het nooit warm. Er zat in de muur wel een klein raampje, maar het kon niet open, er zat ijzerdraad voor. Ik vond het wel jammer, als papa hier zou slapen had hij geen frisse lucht.

Papa wreef in zijn handen. 'Dan gaan we maar eens verhuizen. Morgen moeten we beginnen.'

'Morgen?' Ik snapte niet hoe hij al die spullen zo snel wilde overbrengen, maar papa had het al helemaal bedacht. Buiten stapte hij op de jongens af die aan het voetballen waren. 'Willen jullie wat verdienen? Mijn atelier moet verhuisd worden.'

Ze stopten meteen met voetballen en holden achter elkaar het portiek in. Papa deed de deur open. Hij wees waar het atelier was.

Mama kwam met een rood hoofd de kamer uit gerend. 'Wat gaat er hier gebeuren?'

'Hier zijn de verhuizers!' riep papa.

Hij wees naar de naaimachine die voor het raam stond. 'Nou, dat is een makkie, die gooi ik wel even over het balkon. Wie vangt 'm op?'

De jongens moesten lachen. Ze tilden de naaimachine met z'n tweeën het atelier uit de gang door.

'Passen jullie alsjeblieft op mijn verf!' riep mama.

'Voor wie is deze?' Papa schroefde de ketel van zijn persinstallatie los.

Mama stond maar te roepen dat ze op moesten passen voor de verf en dat Elsje en ik uit de buurt moesten blijven omdat we anders een naaimachine op onze tenen kregen. En papa schreeuwde er maar overheen. 'Hier heb ik nog een heel knappe vrouw. Aan wie kan ik die toevertrouwen.' En hij hield de paspop omhoog.

'Aan mij!' riep Gert-Jan.

'Niet gauw met haar ervandoor gaan, hoor,' zei papa.

Elsje en ik mochten de doos met klosjes garen dragen en het perskussen.

Nog voordat we moesten eten waren alle spullen overgebracht.

'Nou gaat papa straks weg.' Elsje liep naar boven, pakte haar blokfluit en speelde een liedje. Dat deed ze altijd als ze verdrietig was. En dan werd mama altijd boos. Elsje was meestal verdrietig als papa en mama ruzie hadden en dan kon mama juist niet tegen het gefluit.

Ik had geen geduld om te fluiten en ging naar buiten.

'Papa gaat wel bij ons weg,' zei ik.

'O ja, wanneer dan?' vroegen ze.
'Vanavond.'
'Echt waar?' vroeg Ada.

Ik stak twee vingers omhoog. En toen mocht ik weer meedoen. Maar ik mocht hem niet zijn, omdat ze niet zeker wisten of het wel waar was.

~

Elsje kreeg geen gelijk. Papa had gewoon thuis geslapen. Ondanks het feit dat het atelier nu aan de overkant was, stond het bed nog steeds in de kamer. Papa wilde het gisteravond al verplaatsen, maar mama zei dat hij de slaapkamer had vergiftigd. Dat hij er van 's morgens vroeg tot 's avonds laat had staan dampen. Het was geen kwestie van even luchten. Het zou nog wel een poosje duren voor alle rook eruit was en ze er weer kon slapen.

Maar of papa er ook zou gaan slapen, dat wisten we niet.

We wilden het papa vragen, maar dat durfden we geen van beiden. Daarom gooiden we een stuiver op. De stuiver viel op bed met de munt naar boven. Dat betekende dat ik het moest vragen. Maar dat kon pas aan het eind van de dag, als papa helemaal alleen in het atelier was.

Het personeel ging altijd om vijf uur naar huis en dan moest papa nog een paar uur vooruit werken zodat ze de volgende dag meteen verder konden. Om zeven uur kwam hij thuis. Dat vond mama veel te laat. Ze zei dat ze dan al over haar eetlust heen was. Maar papa vond dat het wel meeviel met die eetlust als hij zag wat ze elke avond achteroversloeg.

Ik hoorde oma de trap opkomen en deed de deur open. Oma had haar regenkapje op en haar overschoenen aan.

'Weer of geen weer, vrouwtje buiten.' Oma trok haar natte kleren uit en hing ze op.

'Hoe is het hier?' Oma liep de kamer in.

Mama zat in de stoel.

'Zit je nou nog te kniezen?' vroeg oma.

'Wat dacht u dan, dat ik zoiets zomaar kon vergeten?'

'Kind, maak er niet zo'n drama van,' zei oma. 'Wat denk je dat ik allemaal met je vader te stellen heb gehad toen hij die melkwijk had. Overal werd hij binnengehaald. Zogenaamd voor een kopje koffie. Tot ik er achteraan ben gegaan en een van die vrouwen in haar duster opendeed.'

'Ik heb hem in mijn eigen huis betrapt,' zei mama.

'Die ene keer,' zei oma. 'Je moet maar zo denken: ik heb in elk geval een aantrekkelijke man. Als niemand naar hem omkeek, was het ook niet goed. Je moet je er maar overheen zetten.'

'Er overheen zetten?' Mama stoof op. 'Ik heb me mijn hele leven al over van alles heen moeten zetten. Mijn hele leven heb ik laten vergallen, eerst door mijn eigen moeder en nou door mijn man. Het is afgelopen. Ja, u hoeft me heus niet zo aan te kijken,' schreeuwde mama. 'U weet heel goed wat ik bedoel. U hebt hem met voorbedachten rade binnengehaald. Het ging echt niet om mij. U werd er zelf wijzer van, daar was het u om te doen. En ik had niks door, ik was nog een kind. U hebt me er gewoon met open ogen in laten lopen. En dat was niet het enige, u speelt al die tijd met hem onder één hoedje.'

'Dat neem je terug!' riep oma.

'Ik neem niks terug,' schreeuwde mama. 'U weet heel goed dat het waar is wat ik zeg.'

'Als je niet gauw zegt dat het je spijt, dan ga ik weg en dan zie je me nooit meer terug,' zei oma.

'Spijt?' schreeuwde mama. 'U bent degene die hier spijt moet hebben en niet ik. U hebt het ergste gedaan wat een moeder kan doen. U hebt uw eigen dochter verkwanseld.'

'Dit pik ik niet!' Oma draaide zich om en liep weg. 'Je hoeft niet te denken dat ik hier ooit nog een stap over de drempel zet. Dan kom je er wel achter wat het betekent om je moeder kwijt te zijn. Mij zie je hier niet meer.' Ze trok haar jas aan en vertrok.

Ik keek de kamer rond. Het was ineens heel leeg zonder oma.

Nu was het nog enger dat papa wegging.

'Zo,' zei papa toen ik zijn atelier binnenstapte. 'Kom je me halen?'

'Nee,' zei ik. 'Ik wil iets weten.'

'Als je maar niet wilt weten hoeveel geld ik in mijn portemonnee heb,' zei papa.

Ik schudde mijn hoofd. 'Ik eh... weet je nog wat je zondag gezegd hebt?'

'Zondag?' vroeg papa. 'In de kerk?'

'In de auto.'

'Ja,' zei papa, 'dat weet ik nog. Dat ik weg zou gaan.'

'Maar je bent er nog steeds,' zei ik.

'Wil je me weg hebben dan?' vroeg papa.

'Nee,' zei ik.

'Ah, ik heb je al door,' zei papa. 'Je hebt al een andere vader op het oog. Ik weet al wat voor vader jij wilt. Een met een rollen-beschuitnek en een harmonicabuik en een glazen voorhoofd met een goudvissie erin.'

'Nietes.'

'Laten we dan maar een hapje gaan eten,' zei papa. 'Want als je goed eet...' Papa keek me aan.

'Dan kun je lappen kakken,' zei ik.

'Nou ben je weer mijn jongen. Een jongen uit één stuk. Alleen jammer dat je gevallen bent, daardoor zit er een spleetje in.' Papa sloot lachend het atelier af.

Ik holde vast vooruit. Bij de voordeur keek ik om. Ik schrok omdat ik papa niet zag. Even dacht ik dat hij toch weg was, maar hij stond met mevrouw Overwater te praten.

'Hou je jas maar aan!' riep mama toen papa en ik thuiskwamen. 'Je moet even een boodschap voor me doen. Ik ben vergeten suiker te kopen.'

'Die mensen zitten nu te eten,' zei papa.

'Welnee man,' zei mama. 'Iedereen heeft al gegeten. Dat jij nou altijd zo laat komt aankakken.'

Mama gaf me geld mee. 'Je kunt gewoon aanbellen, dat mag in zo'n geval.'

Ik holde de trap af. Iedereen was alweer buiten. Ze waren aan het touwtjespringen.

'Daar heb je d'r!' riep Olga.

Ze hielden op met springen en kwamen naar me toe.

'Leugenaar! Je vader gaat helemaal niet bij jullie weg. Je hebt alles gelogen!'

'Nietes,' zei ik.

'Wel waar!' riep mevrouw Overwater uit het raam. 'Ik heb het hem toevallig gevraagd. Hij zei dat we jou met een korreltje zout moesten nemen. Dat je een heel grote duim had.'

'Daarom mag je nooit meer meedoen,' zei Kitty.

'Nou nou,' zei mevrouw Overwater. 'Je moet nooit kwaad met kwaad vergelden. Als ze belooft dat ze nooit meer zal liegen, is het goed. '

'Zal je niet meer zo liegen?' Iedereen keek me aan.

'Nee,' zei ik en ik liep door.

Drie

~

Ik was negen jaar toen papa ons een keer 's nachts wakker maakte. Hij zei dat we niet moesten schrikken, maar dat het niet goed ging met mama. Het was 's avonds begonnen. Mama kreeg ineens een heel eng gevoel in haar hoofd. Het leek net of haar hersens door haar hoofd kropen. Mama wilde naar buiten en toen was papa met haar meegegaan. Ze hadden een heel eind door de stad gelopen, helemaal tot voorbij Vroom & Dreesmann en weer terug. Maar het had niks geholpen, zei papa. Het werd alleen maar erger. Mama trilde als een rietje. Dat was angst. We moesten papa niet vragen waar die angst vandaan kwam. Dat snapte hij zelf ook niet. 'Ik zou denken: laat die hersens maar lekker kruipen,' zei papa, 'maar ik heb makkelijk praten. Ik heb helemaal geen hersens in mijn kop.'

's Nachts ging het nog slechter met mama. Papa zei dat hij toch niet de hele nacht met mama over straat kon blijven lopen. 'Maar wat doe je in zo'n geval? Dan bel je de dokter.' Dat leek papa heel normaal. Maar onze huisarts vond het helemaal niet normaal. Die hond van een kerel had papa afgeblaft omdat het midden in de nacht was. 'Geef je vrouw maar een aspirientje,' had hij gezegd.

Papa was heel boos. Eerst had die hufter op kosten van de staat mogen studeren, van zíjn belastingcenten nota bene, en nou hij eenmaal zo ver was dat hij eindelijk iets terug kon doen, was-ie nog te beroerd om papa te woord te staan. 'Weet je wel wat die lapzwans verdient?' Papa werd rood. Hij werd altijd rood als hij kwaad was en dan blies zijn gezicht op als een ballon.

'Rustig man,' zei mama dan altijd. 'Je valt nog eens dood neer.' Maar nu kon mama dat niet zeggen.

Papa wist precies wat de dokter verdiende. Hij wist altijd wat iedereen verdiende. Elsje en ik schrokken toen hij het bedrag noemde. Die prutser van een garagehouder die papa's auto niet goed had gemaakt, verdiende ook veel, maar lang niet zoveel als de dokter. Papa zei dat hij een jaar moest werken voor het bedrag dat de dokter in een maand opstreek. En voor al dat geld wilde meneer niet eens uit zijn nest komen. Papa vroeg zich af voor welk bedrag hij wel zou komen. Dit pikte hij niet. Elke maand betaalde hij een vermogen aan de ziektekostenverzekering. Dat kwam er ook nog eens bij, papa was niet in loondienst. Hij was middenstander. En middenstanders hadden het toch al zo zwaar. Een pensioen was er niet bij, kinderbijslag kreeg hij ook niet en dan moest hij ook nog eens zelf de verzekering betalen. En nu vroeg hij zich toch echt af waar hij dat voor deed. Was het soms alleen om de dokter te spekken? Die Janus Kukierol had gezegd dat hij 's nachts alleen uit bed kwam als er echt iets aan de hand was. Nee, er was niks aan de hand. Het was heel gewoon dat je vrouw liep te trillen op straat. Je moest zeker eerst dood zijn, en dan vroeg papa zich nog af of die lamzak wel zou komen. Hij wist niet dat er zulke luie dokters bestonden. Die kerel was zelfs te lui om te bibberen als-ie koorts had.

Papa moest naar zijn werk. Hij had niet veel tijd om ons uit te leggen wat mama precies had. Hij wist wel dat het iets was dat híj nooit van zijn leven kon krijgen. Het waren bepaalde mensen die zoiets konden krijgen. Al zou hij het willen krijgen, dan had hij er niet eens de tijd voor. Maar hij wilde ons waarschuwen. We moesten niet schrikken als mama uit bed kwam. Papa wist niet eens of mama wel uit bed zou komen. Bij mensen die zoiets kregen, wist je het nooit. Je kon van alles verwachten. Dat moesten we maar doen, zei papa. We moesten van alles verwachten. En dan kon het alleen maar meevallen.

Elsje en ik deden heel zachtjes, zodat mama nog even door kon slapen. We wachtten tot het allerlaatste moment en toen moesten we haar wel wakker maken. We konden niet zomaar weggaan. Stel je voor dat mama wakker werd en ze kwam erachter dat we zonder haar naar school waren gegaan. Ze zou vast heel erg schrikken. Mama waarschuwde ons bijna elke dag. Het was geen gewone weg die we moesten oversteken, het was een dodenweg. Mama zou zich geen raad weten als de politie bij haar op de stoep stond om te vertellen dat we waren verongelukt.

Ik deed de deur van de slaapkamer zachtjes open. Mama lag in bed met haar laken over haar hoofd. Ze sliep meestal met haar hoofd onder het laken. Dat deed ze niet voor haar lol. Met papa naast zich stikte ze toch al bijna in bed. Mama zei dat papa altijd heel warm was als hij sliep, dat-ie wel een kachel leek. Maar het laken moest toch, voor de muggen.

Ze moesten mama altijd hebben. Ze dacht dat het kwam omdat ze zoet bloed had. Daar kwamen muggen op af. Papa werd nooit gestoken, terwijl hij vlak naast haar lag. Als kind zat ze al vol muggenbulten die heel erg jeukten. Zij wist wel wat jeuk was. 'Jeuk is een van de ergste dingen die je kan hebben,' zei mama. 'Erger dan pijn.'

Van jeuk kon je gek worden. Gelukkig was mama er niet gek van geworden. Ze kon zich heel goed beheersen, dat had ze zo langzamerhand wel bewezen. Ze had nooit een muggenbult kapot gekrabd. Dat mocht ook niet. Als een muggenbult eenmaal open lag, dan kwam er vuil in en voor je het wist had je een infectie te pakken.

'Een muggenbult lijkt zo onschuldig,' zei mama, 'maar dat is het niet.'

Papa wilde heel graag een keer met de vakantie naar Brabant, maar dat kon niet met mama. Vooral rond de vennen stikte het van de muggen. Die beesten zaten altijd bij het water. Dan kon papa haar beter meteen naar de eerste hulp brengen. Ze zou zeker beurs geprikt worden.

Thuis trof mama haar maatregelen. Vlak voor ze naar bed ging, spoot ze wat insecticide in de slaapkamer. Het was een prima oplossing. De muggen vielen zo dood naar beneden. Papa klaagde over de stank, maar mama vond die stank beter dan bloedvlekken op haar behang. Aan die stank kon ze wennen, maar aan die vlekken wende ze nooit.

Papa gaf niks om muggen, maar kon weer niet tegen vliegen. Daar werd hij zenuwachtig van. Zodra er een vlieg op de muur zat, nam hij een opgerolde krant in zijn hand en klom op de stoel. 'Daar ga je jongen,' zei hij dan.

Wij moesten altijd meekijken van papa, omdat hij bijna nooit raak sloeg en dan was de vlieg er alweer vandoor. Maar vaak verloren wij de vlieg ook uit het oog en dan werd papa boos. Dan zei hij dat we verdomme niks anders hoefden te doen dan opletten waar die vlieg heen ging en dat dat schijnbaar al te veel gevraagd was.

Als papa een wesp ving, werd hij nooit boos. Maar dat was veel gemakkelijker, omdat ze stilzaten. Een tik met de krant en hij viel op de grond. Vaak was de wesp niet meteen dood en dan spartelde hij op zijn rug met z'n pootjes omhoog. 'Hij doet nog even een gebedje,' zei papa dan. 'Ga nou maar naar magere Hein.' En dan gaf hij de wesp de genadeklap. Soms zette hij expres een glas met iets zoets neer en daar kwam de wesp dan op af. Als hij dan in het glas zat, dan zette papa er een schoteltje op en dan keek hij de hele tijd naar de wesp die hoe langer hoe uitgeputter raakte en ten slotte in een restje limonade verdronk.

Els vond dat heel gemeen en dan liep ze de kamer uit.

Papa deed ook weleens expres iets gemeens om Els te plagen. Dan pakte hij een spin bij een poot vast. En als Els dan zei dat ze het zielig vond, zei papa dat ze geluk had dat ze niet bij opa was opgegroeid. Die knipte vroeger de kop van de kippen af met zijn kleermakersschaar en dan rende de kip nog een stukje door.

Ik wilde weten hoe het kwam dat een kip nog doorrende zonder kop. Toen zei papa dat kippen heel brave beesten waren en dat ze de braadpan zochten.

Ik keek naar mama. Ze had wel gespoten voor ze naar bed ging, maar ze lag toch onder het laken. Dat kon niet anders. De muggen roken haar al van een grote afstand en soms kwamen ze zelfs onder de deur door.

'Mam,' zei ik zachtjes. 'Mam, kom je uit bed, we moeten naar school.'

'Ik kan jullie niet brengen,' klonk het onder het laken vandaan. 'Dat gaat niet. Ik kan het niet, jullie zullen alleen moeten gaan.'

Ik kon het niet geloven, maar mama had het echt gezegd. Els stond achter me en die had het ook gehoord. Els wilde heel graag alleen naar school, ze had het al vaker gevraagd. Maar mama wilde er niet van horen. En nu mocht het zomaar en was ze niet eens blij. Zelf wilde ik ook veel liever met mijn grote zus naar school lopen. Net als Willemijn. Els had mij de Schotse pas geleerd en die zouden we dan doen, de hele weg.

Mama vond het nooit goed als we met haar naar school liepen. Ze zei dat ze dan sterren zag als ze thuiskwam. Maar nu kon het, omdat we alleen moesten. We deden alleen geen Schotse pas. We liepen hand in hand naar school en de hele weg zeiden we niks.

~

Toen Els en ik uit school kwamen stond Kitty mij in de straat op te wachten. Ik dacht aan gistermiddag toen Kitty op de stalling paste. Ze riep ons binnen, liep met ons naar achteren en zei dat we om de beurt de wacht moesten houden. Als er niemand aankwam, mochten we haar borsten zien.

Josje ging bij de deur staan. Toen ze haar duim opstak, deed Kitty haar truitje omhoog. Er kwamen twee kleine ronde borsten te voorschijn.

Olga was eerst. 'Je mag ook voelen,' zei Kitty.

Olga begon te grinniken. Kitty schoot zelf ook in de lach. Toen Olga haar hand op Kitty's borst legde, begonnen ze nog erger te giechelen.

'Ik hoef ze niet te zien,' zei Josje.

'Dan mag jij,' zei Kitty.

Ik deed een stap naar voren en legde mijn hand op haar rechterborst. Maar ik hoefde niet te lachen. En Kitty ook niet.

'Je mag nog wel even,' zei ze.

Ik keek naar Kitty's borst en ineens kneep ik er heel zachtjes in. Ik schrok er zelf van en toen ik naar Kitty keek, zag ze rood.

Nu ik haar weer zag, werd ik verlegen. Ze was al elf, net als Els, en had haar nagels gelakt en lippenstift op. Dat deed ze wel vaker. Ze had ook gaatjes in haar oren en daar hingen kruisjes aan. Mama vond het heiligschennis omdat ze niet katholiek was. Maar het waren Kitty's lievelingsoorbellen. Dat kwam doordat haar oma ze vroeger ook had gedragen en nu had Kitty ze gekregen. Kitty's oma woonde schuin aan de overkant en dat was heel handig. Als Kitty ruzie met haar moeder had, liep ze zo naar de overkant. Dan bleef ze eten bij haar oma en soms ook slapen. Ze hoefde nooit naar huis om het te zeggen. Kitty's oma had ook een raam waar je uit kon hangen en dan riep ze naar Kitty's moeder dat haar dochter bij haar was. Haar oma maakte kleren voor Kitty. Het witte rokje dat ze aanhad, had ze ook genaaid. Het was heel kort, als ze maar iets voorover boog dan zag je haar kanten onderbroek. Het zat zo strak om haar benen dat ze er niet mee kon fietsen. Maar dat maakte niet uit. Kitty hoefde nu ook niet te fietsen, want ze moest op de stalling passen.

Dat deed ze samen met Margje, haar vriendin, die bij ons in het portiek woonde. Ze deden altijd spelletjes in de werkplaats van de stalling, behalve als het mooi weer was, dan zaten ze buiten op een krukje. Maar Margje was verhuisd.

Iedereen was benieuwd wie Kitty nu mocht helpen. Sommige kinderen deden al een tijdje extra aardig tegen haar omdat ze Margjes plaats wilden innemen. Kitty was de koningin van de straat. Dat kwam niet alleen doordat haar moeder altijd snoep uit het raam gooide, maar ook door Kitty zelf.

Kitty wachtte tot Els door was gelopen en toen zei ze het.

'Ik heb beslist. Jij mag mij nu helpen in de stalling.'

Eerst kon ik het niet geloven, maar toen ik de jaloerse blikken van de anderen op me gericht zag, wist ik dat ze het meende.

In één klap was mijn positie veranderd. Ik was niet meer zomaar een kind uit de straat.

'Ben je blij?' Kitty lachte naar me.

Ik hoefde er geen seconde over na te denken. De stalling zou van nu af aan brandschoon zijn. De mensen die vaak lang in de rij moesten staan met hun petroleumkan zouden twee keer zo snel worden geholpen. Fietsbanden zouden voor een stuiver zo hard worden opgepompt dat je veel minder hard hoefde te trappen.

Kitty had maar één bezwaar. Ik zat zo ver weg op school. Voordat ik er eindelijk aankwam, was de stalling allang open.

Ik stelde haar gerust dat nu ik samen met Els naar huis ging, we er veel eerder waren, omdat we de Schotse pas deden. Kitty kende de Schotse pas niet. Ik wilde het haar voordoen, maar ze zei dat dat niet kon met haar rokje. Ze geloofde wel dat je er heel snel mee vooruitkwam.

'Ik zie je zo achter,' zei ze, en ze liep weg.

Achter, zei Kitty, maar eigenlijk was het voor. De werkplaats was een gedeelte van de stalling die met een wand van hardboard van de rest was afgescheiden. In de wand zat een raam, zodat je kon zien wie er in- en uitging. Ik kende de werkplaats heel goed omdat ik er zo vaak door de etalageruit naar binnen had gekeken. Er stond een werkbank en uit het plafond kwamen twee haken waar meestal een fiets aan hing die gerepareerd moest worden. Soms werd er een fiets in elkaar gezet, dat deed de vader van Kitty zelf.

Ik keek Kitty na. Het liefst had ik het heel hard over straat geschreeuwd. 'Kitty heeft mij uitgekozen.'

'Kitty wil jou, hè?' zei Ada. 'Maar je mag het vast niet van je moeder.'

Ik schrok. Dus Ada had gehoord wat mijn moeder weleens over de zus van Kitty zei. Ze geloofde niet dat Kitty's zus bij Verkade werkte. 'Laat me niet lachen,' zei mama dan, 'met die toeter op haar hoofd en die doorkijkblouse aan, zeker. Laat je maar niks wijsmaken, de meisjes die daar werken hebben geen tijd om op naaldhakken met hun kont te draaien.'

'Het is toch zo,' zei ik. 'Ze gaat elke dag naar de fabriek.'

'Dan staat die koekfabriek zeker op de wallen,' zei mama. 'En die pooier die haar elke avond komt halen, is daar de directeur, nou goed?'

Als Ada het maar niet aan Kitty doorvertelde, dan koos ze vast een ander. Ada had gelijk, mama zou het nooit goed vinden. En ik kon het ook niet voor mama verzwijgen. Vanaf de straat keek je zo door de etalageruit de werkplaats in. Als mama het niet zelf zag, dan kreeg ze het wel van iemand te horen.

Ik deed net of ik niet gehoord had wat Ada zei en ging gauw de trap op. Mama zat in de stoel in de kamer. Met haar rechterwijsvinger draaide ze rondjes om haar ooglid.

Ik zag aan haar ogen dat ze in de war was. Als ik haar zou vertellen wat Kitty had gevraagd, raakte ze nog meer van streek. Kon ik niet beter tegen Kitty zeggen dat het niet mocht? Ik had wel vaker dingen voor mama gelaten. Ik voelde dat dit anders was en ik het niet zomaar wilde opgeven.

Hoe moest ik het mama vertellen? Els zat in haar kamer te fluiten. Ik kon het haar vragen, maar als je iets met Els besprak, dacht ze altijd heel diep na en dan vroeg ze door. En ik wilde er niet over nadenken waarom Kitty zo belangrijk voor me was. Daarom besloot ik het gewoon aan mama te vragen.

'Mam,' zei ik, 'ik ga zo naar buiten.'

Mama knikte dat het goed was.

'Maar eh, ik ga niet op straat spelen, ik ga naar Kitty. Niet bij haar thuis hoor, ze vroeg of ik bij haar in de stalling kwam.'

Ik dacht dat mama zou opvliegen, maar ze zei niks.

'Ik mag Kitty helpen,' zei ik. 'Ik mag petroleum verkopen.'

'Ik heb hier de hele dag alleen gezeten,' zei mama. 'Aan je vader heb ik ook niks. Die heeft vandaag niet één keer naar me omgekeken. Ik voel me helemaal niet goed. Morgen ga ik naar de dokter.'

'Misschien is het morgen weer over,' zei ik.

'Het wordt eerder erger,' zei mama. 'Laat me maar met rust.'

'Mag het mam?' vroeg ik. 'Mag ik Kitty in de stalling helpen?'

'Daar kan ik me niet meer mee bemoeien,' zei mama. 'Ik kan me nergens meer mee bemoeien.'

Ik draaide me om en liep de deur uit. Voor het eerst ging ik zonder mama aan iets nieuws beginnen.

Kitty zag me al aankomen en zwaaide. De anderen stonden voor de deur. Ik passeerde ze en liep naar binnen.

'Je gaat zeker stiekem,' zei Ada.

'Helemaal niet.' Ik ging het deurtje door naar de werkplaats.

'Hier zit ik altijd.' Kitty wees op een houten keukenstoel. 'En dit is jouw plek.' Ze zette een kruk naast zich neer en keek door de ruit naar een oude vrouw die de stalling inkwam.

'Ik moet haar even helpen met haar fiets,' zei Kitty. 'Mijn vader heeft hem bovenop gezet.'

Ik kende de stalling. Er stonden rijen rekken naast elkaar, maar op één plek, helemaal achterin, waren twee rekken boven elkaar voor als de stalling vol was. De vader van Kitty tilde een fiets er zo af, voor Kitty was het te hoog, daarom had hij er een plank onder getimmerd waar ze op kon staan. Ik keek naar Kitty's gelakte nagels.

'Jij blijft zitten,' zei ik. 'Dat is mijn werk.' En ik liep de werkplaats uit.

~

'Het was vannacht weer feest,' zei papa toen hij ons 's morgens wakker maakte. 'Maar nu vind ik het welletjes. Ik heb net de dokter gebeld. Hij legt een verwijsbrief voor mama klaar voor de psychiater. Mooier kan niet. Vanmiddag heeft hij spreekuur en dan kan ze er meteen naartoe. Maar jullie moeten de brief voor haar halen. Ze blijft in bed omdat ze zo weinig heeft geslapen. Mij lijkt een ochtendwandelingetje juist goed, maar wie ben ik.'

'Mama kan niet tegen weinig slaap,' zei ik.

Papa lachte. 'Dat denkt ze, maar dat schijnt bij het ziektebeeld te horen. Mensen zoals mama beelden zich van alles in, de gekste dingen. Anders kwamen ze ook niet bij een psychiater terecht. Zo word je wel gek natuurlijk, maar dat moet die dokter haar maar vertellen.'

Papa nam een slok van zijn thee. 'Waar die man zin in heeft, ik zou er geen geduld voor hebben. Het schijnt nog een hele studie te zijn ook.'

'Hebben al die mensen dezelfde ziekte als mama?' vroeg ik.

'Je hebt allerlei soorten,' zei papa. 'Sommigen zijn agressief, daar ben je helemaal klaar mee.'

'Zulke mensen worden opgenomen,' zei Els.

'Alsof ze zo vlug zijn,' zei papa. 'Voor het zover is, zijn er meestal al ongelukken gebeurd. Menig psychiater mist een paar voortanden.'

'Echt waar?' riep ik.

'Je hoeft geen medelijden met ze te hebben,' zei papa. 'Die lui hebben er altijd nog zelf voor gekozen. En ze verdienen er goud mee. Die grote huizen bij het Vondelpark die niemand kan betalen, daar wonen psychiaters. Ik geloof dat ze meer dan twee ton per jaar verdienen. Nou, daar wil ik ook af en toe wel een klap voor op mijn smoel hebben. Maar voor mij is het niks. Ik heb geen geduld voor dat soort. Dan solliciteer ik nog liever bij de Bijenkorf. Etalagepoppen op de pot zetten.'

Papa trok zijn jas aan. 'Wie weet heeft mama wat aan die Tinus Bordekwast. Vergeet de verwijsbrief niet op te halen, hè?'

Mama kwam niet uit bed. Toen we naar school moesten was de slaapkamerdeur nog steeds dicht. Ik wilde mama gedag zeggen, maar Els zei dat we haar beter konden laten slapen. Els wist hoe bijgelovig ik was. 'Je vindt het eng, hè, om zonder kus naar school te gaan. Kom maar hier, dan krijg je van mij wel een kus.'

We gingen bij de dokter langs, maar toen we uit school kwamen, lag mama nog steeds in bed. Nu moesten we haar wel wakker maken. De assistent had gezegd dat het spreekuur om twee uur begon. En dat mama moest zorgen dat ze er om halftwee was, als de nummertjes werden uitgedeeld.

Ik deed de deur van de slaapkamer open. 'Mam,' zei ik. 'We zijn al helemaal naar school geweest.'

Mama deed haar ogen open. 'Je laat me schrikken. Je mag niet zomaar de slaapkamer binnenkomen. Dat kan niet meer. Ik ben ziek en als ik wakker schrik, knapt er iets in mijn hoofd.

Je moet er rekening mee houden dat je moeder een patiënt is. Wees blij dat ik nog thuis ben. Ik sta er echt niet van te kijken als de psychiater me laat opnemen. En als ik eenmaal in een inrichting zit, kom ik er voorlopig niet meer uit.' Ze ging op de rand van haar bed zitten. Ik keek naar mama. Hoe kon ze ineens zo ziek zijn?

'Wat kijk je nou naar me?' vroeg ze.

Ik slikte. Mama hoefde niet te weten hoe bezorgd ik was. Dat ik op school niet goed had kunnen opletten omdat ik er steeds aan moest denken dat ze ziek was.

'Er is geen brood,' zei ik gauw.

'Je weet waar de bakker is,' zei mama. 'Ik kan geen boodschappen meer doen. Ik kan me niet meer onder de mensen begeven. Onthoud dat je nu een moeder hebt die ernstig ziek is. Daar zal je aan moeten wennen. Alles zal anders worden.'

'Misschien kan de psychiater je beter maken.' Ik gaf de verwijsbrief aan mama.

'Dan zal ik er op z'n minst naar toe moeten,' zei mama. 'Door de telefoon kan hij me niet genezen. En ik kan onmogelijk om halftwee in die wachtkamer gaan zitten. Dat red ik niet. Er zit niks anders op dan te wachten tot het zo erg is dat ze me met een ambulance komen halen.'

Ik keek naar mama. Ze moest beter worden. Ik wilde niet dat ze in een inrichting kwam. Ze moest naar die psychiater, die kon haar helpen.

'Ik ga wel, ik haal een nummertje voor je.' Ik keek op de klok. Ik had nog tien minuten en dan moest ik weg.

'Wat ga je doen?' vroeg Kitty toen ik langsliep.

'Ik moet een boodschap doen,' zei ik.

'Je moet wel op tijd terug zijn,' zei Kitty.

'Natuurlijk.' Ik begon te hollen. Ik moest er niet aan denken om te laat in de stalling te komen.

Na een kwartier kwam ik op de Erasmusgracht. Ik zag meteen waar ik moest zijn. Een eindje van de hoek was een gebouw met een groot wit bord erop. De deur stond open. Ik dacht aan wat papa had verteld en ineens vond ik het eng om naar binnen te gaan. Als er maar niemand agressief werd. Ik was niet de enige die er moest zijn. De wachtkamer zat aardig vol. Langs de wanden stonden houten banken. Ik ging naast een vrouw zitten. Het was duidelijk dat de meeste mensen elkaar kenden.

'Hoort dat kind bij jou?' vroeg een man.

De vrouw schudde haar hoofd. 'Zo klein heb ik ze gelukkig niet meer.'

'Ik kom voor mijn moeder,' zei ik.

'Ik dacht al,' zei een man, 'zo jong en dan al naar de psychiater.'

Ik vertelde dat mama niet zelf kon komen.

'Dat is niet zo best.' Een vrouw vroeg of ze al lang ziek was.

'Nee,' zei ik.

Ze zuchtte. 'Ja ja, de stoppen kunnen ineens doorslaan. Dat was toch ook bij die blonde? Van de ene op de andere dag was het mis. Ik heb haar eigenlijk nooit meer gezien.'

'Die is vast opgenomen,' zei iemand.

'Dat verbaast me niks,' zei iemand anders. 'Ze had toch ook aan de gaskraan gelegen?'

'Wie niet, we zitten hier allemaal voor hetzelfde.'

Ik werd ineens heel misselijk en was bang dat ik moest overgeven. Niet luisteren, zei ik tegen mezelf. Ik dacht aan Kitty, maar het lukte niet. Ik kon hier niet aan Kitty denken. Ik wilde even naar buiten gaan toen de deur openging. De assistent kwam binnen. Ze had een ijzeren pin in haar hand waar nummertjes op zaten. Iedereen sprong op.

Ik ging in de rij staan. Toen ik aan de beurt was, liet ik de verwijsbrief zien. 'Hij is voor m'n moeder.'

'Kom zo maar even naar m'n kantoortje,' zei de assistent. Pas toen iedereen weer zat, riep ze me bij zich. Ze schreef mama in. 'Je moeder hoeft niet voor halfvier te komen.' En ze haalde een nummertje van de pin.

Ik rende naar huis.

'En?' vroeg mama. 'Heb je een laag nummer?'

Ik keek. 'Zeventien. Na halfvier ben je aan de beurt.'

'Hoe kan dat nou?' zei mama. 'Je bent zo vroeg weggegaan. Heb je soms iedereen laten voordringen?'

'Ik moest wachten,' zei ik. 'De assistent moest je eerst inschrijven.'

'Je gaat me toch niet vertellen dat je gewoon in de wachtkamer bent gaan zitten,' zei mama. 'Ja hoor, ik zie het al aan je gezicht. Je had die verwijsbrief eerst moeten afgeven.'

'Dat kon zij toch niet weten,' zei Els. 'Wees blij dat ze een nummer voor je heeft gehaald.'

'Blij?' riep mama. 'Moet ik daar blij mee zijn? Dat ik bij Gods gratie als laatste naar binnen mag? Voor ik terug ben, is het halfzes. Dan kan ik me de zenuwen reppen om het eten op tafel te krijgen. Ga het maar ruilen.'

'Dat kan niet,' zei ik.

Mama legde het nummertje zuchtend op tafel. 'Ik kan ook nooit iets aan jou overlaten. Als ik vannacht weer ziek ben, is het jouw schuld.'

'Je gaat toch wel?' vroeg ik.

'Ik zal wel moeten.' Mama liep de kamer uit. 'Je wordt bedankt.'

'Trek je er maar niks van aan,' zei Els.

Maar dat deed ik wel. Ik wilde niet dat mama vannacht weer ziek werd. Ik pakte mijn jas en ging naar buiten.

Kitty kwam naar me toe. Ze hield de sleutels van de stalling omhoog. 'Mijn moeder is er niet.' Ze deed de deur open, een uur te vroeg.

'Mogen we mee?' De anderen kwamen eraan.

'Nee,' zei Kitty. 'Alleen zij.' Ze trok me naar binnen en draaide de deur op slot.

Kitty deed geen licht aan. Ze sloop voor me uit naar achteren. Helemaal achter in de stalling waar nauwelijks licht naar binnen viel, ging ze staan en deed haar trui omhoog. Ik keek naar Kitty's borsten en wilde mijn hand erop leggen. Maar Kitty duwde mijn hoofd omlaag. Ik drukte mijn lippen tegen haar tepel. En toen proefde ik haar borsten. Langzaam deed ik mijn mond open en zoog eraan. Kitty kreunde zachtjes.

~

Ik was veel te lang in de stalling gebleven. Papa was vast al thuis. Het kwam door Kitty. Toen ik weg wilde gaan, hield ze me tegen. 'Je mag me niet alleen laten. Straks komt die engerd de stalling in en als hij ziet dat jij weg bent, dan grijpt hij me. Je moet wachten tot mijn vader er is.'

Ik wilde weten wie het was, maar Kitty wilde het niet zeggen. 'Zolang jij hier bent, doet hij niks, hij is bang voor jou.'

Ik keek door het raam van de werkplaats. Er kwam iemand de stalling in. Het was een vrouw die olie kwam kopen. Nog stoerder dan anders liep ik naar voren.

De vrouw wilde vijf liter olie. Ik voelde dat Kitty naar me keek. Zo snel ik kon pompte ik de olie omhoog.

'Zo,' zei de vrouw. 'Dat gaat rap.'

Ik haalde mijn schouders op, deed het kraantje open en liet de olie in de kan lopen. Zodra ik had afgerekend, ging ik weer naar binnen.

'Heeft die engerd weleens iets bij je gedaan?' vroeg ik.

Kitty knikte. Maar ze wilde niet vertellen wat.

'Was je toen alleen?'
'Nee,' zei Kitty.
'Deed hij het toen Margje erbij was?'
'Ja,' zei Kitty.
'Was hij niet bang voor Margje?'
'Natuurlijk niet,' zei Kitty.

Voor mij was hij wel bang. Ik voelde dat ik rood werd. Ik besloot Kitty niet alleen te laten. Zelfs niet als mama me riep.

'Ik laat je niet in de steek,' zei ik.
'En als Els je komt halen?'
'Dan ben ik hier zogenaamd niet.' Ik ging bij het schot zitten zodat ik weg kon duiken.
'Durf je dat wel?'
'Natuurlijk.' Maar ik schrok toen ik voetstappen hoorde. Ik gluurde door het raam. Gelukkig was het Kitty's vader en kon ik weg.

Ik had me voor niks zorgen gemaakt. Mama had me nog niet eens gemist. Ze was zelf ook laat thuis omdat ze naar de dokter was geweest. Toen ik de kamer in kwam, zat papa achter z'n krant.

Mama legde het tafelkleed op tafel.

'En?' vroeg ik. 'Wat zei de psychiater?'
'Je moeder mag weer alles eten,' zei papa. 'Behalve gestampte politieagenten in het zuur. Daar moet ze nog even mee wachten.'

'Ja, maak jij maar grapjes. Ik heb een ernstige zenuwinzinking gehad. Het is de vraag of het ooit nog goed komt. Ik heb rust nodig. En hij heeft me een medicijn meegegeven.'

Ze haalde een fles uit de keuken. Er zat donkerbruin spul in. Mama wees op de drank. 'Dit moet mijn redding worden. Ik moet drie keer per dag een eetlepel nemen, niet na, maar voor het eten.'

'Het is nu voor het eten.' Ik haalde een eetlepel uit de la en gaf hem aan mama.

Mama draaide de dop van de fles. Er kwam een sterke geur uit.

'Komt dat uit die fles?' Papa legde de krant weg. 'Dat is niet te harden! Of is het soms de bedoeling dat wij flauwvallen?'

'Overdrijf niet zo.' Mama wilde de drank op de lepel laten lopen, maar papa stoof op. 'Niet hier. Ik ga over mijn nek.'

'Ik zal hem toch moeten innemen,' zei mama.

'Dat doe je dan maar op het balkon, makkelijk zat.'

Maar het was helemaal niet zo makkelijk als papa dacht. Mama kon niet zomaar naar buiten. Als ze van de warmte de kou inkwam kreeg ze keelpijn. Mama had heel gauw keelpijn. Dan leek het net of ze met messen in haar keel sneden. Van de pijn kon ze dan dagen niet praten. En niets hielp ertegen, zelfs niet de gorgeldrank die de dokter voorschreef.

'Dus jij verbiedt mij mijn medicijn in te nemen.'

Papa keek Els aan. 'Zeg eens eerlijk, overdrijf ik?'

'Nee,' zei Els die hardop haar woordjes liep te leren. 'Die drank stinkt.'

'Juist niet,' zei ik. 'Die drank ruikt lekker.'

'Doe alsjeblieft die dop erop.' Papa pakte de dop en nam de fles uit mama's handen.

'Pas op!' Mama ging hem achterna. 'Zo meteen breekt-ie.'

'Mijn kop breekt van de stank.' Papa ging met de drank de keuken in en zette hem in de kast. Hij draaide de deur op slot alsof hij er in geen tijden meer uit mocht.

'Daar mag hij niet.' Mama deed de kast open. 'Hij moet in het zicht, anders vergeet ik hem in te nemen.' Ze zette de fles op de keukentafel, naast de kopjes.

'Je moet 'm nog innemen,' zei ik.

Mama trok haar jas aan, knoopte hem dicht en deed haar shawl om. Daarna liep ze met de fles naar het balkon.

'Je bent je oorwarmers vergeten!' riep papa.

Ik keek naar mama. Met een ernstig gezicht liet ze de drank op de lepel lopen, bracht hem naar haar mond en nam hem in.

Ik zuchtte opgelucht. De drank zou mama helpen. Dat moest wel. De laatste tijd had ik heel vaak voor mama gebeden, maar daar was ik mee gestopt. Het hielp helemaal niks.

'Weet je dat ik 'm nog ruik,' zei papa toen ze de kamer inkwam. 'In het vervolg moet je de deur naar het balkon achter je dichtdoen. Wat een stank.'

'Ik stond toch buiten.' Mama legde het bestek op tafel.

'Al sta je op de maan,' zei papa. 'Als je die deur openlaat, vergaan we hier van de stank.'

'Even een beetje frisse lucht maken.' Papa deed de deuren open.

'Doe dicht! Je maakt iedereen ziek.'

'Van die lucht worden we pas ziek.' Papa wapperde met een servet voor zijn gezicht alsof hij geen lucht kreeg.

Mama werd boos. 'Het wordt hier veel te koud. We moeten hier zo eten.'

'Eten?' riep papa, 'In die stank? Ik krijg geen hap door m'n keel.'

Mama ging naar de keuken.

Na een tijdje deed papa de deuren weer dicht.

Mama kwam met de schalen in haar hand de kamer in. Haar jas had ze nog aan. Toen ze alles op tafel had gezet, schepte ze op en ging zitten.

'Je vindt me misschien wel vervelend,' zei papa, 'maar ik ruik die drank nog steeds. Je stinkt ernaar.'

'Dan weet je eens hoe het is,' zei mama. 'Jij stinkt altijd. Of ik ruik tabak of ik ruik je zweetvoeten.'

'Dit is een lijkengeur!'

'Man, jij rust niet eerder voordat ik in een inrichting zit.' Mama pakte haar bord en liep de kamer uit.

'Zo, dat lucht op, nu kunnen we tenminste rustig eten. Een karbonaadje gaat er wel in, wat jij?' Papa keek me aan, maar ik had geen trek meer.

Na het eten ging ik meteen naar de keuken. Mama's bord stond op het aanrecht. Haar kleren hingen over de keukenstoel, dat was niets voor mama.

Ik rende geschrokken de kamer in. 'Mama is naar bed.'

Papa stapelde de borden op elkaar. 'Wat denk je met zo'n

drank. Ik ga al van m'n stokkie als ik het ruik.'

Ik ruimde de tafel af en probeerde zo min mogelijk lawaai te maken. Els pakte haar blokfluit en begon te spelen. Bij het tweede couplet ging de slaapkamerdeur open. Mama kwam in haar pyjama de kamer in. Ze keek verwilderd. 'Wat is dat voor pesterij? Ik kan niet slapen bij dat getuut.'

'Sinds wanneer slaap jij om halfacht?' vroeg papa.

'Ik heb rust nodig,' zei mama. 'Je weet toch dat ik niet goed ben.'

'Je bent nooit goed geweest, mens.' Papa lachte.

Mama liep naar Els toe die maar doorspeelde. 'Hou op! Dat doe je alleen maar om mij gek te krijgen. Jij spant samen met je vader, hè? Jullie willen van me af!'

Els hield op met fluiten. 'Helemaal niet.' De tranen sprongen in haar ogen. 'Ik wil alleen maar oefenen. Morgen heb ik les. Als ik nu niet oefen, kan ik het morgen niet.'

'Jij gaat gewoon oefenen.' Papa pakte de blokfluit en duwde hem in Els' mond. Hij draaide zich om naar mama. 'Als je er last van hebt, dan neem je nog maar een lepel van die smurrie. Spelen!' riep hij tegen Els.

Els begon gauw haar lievelingslied te spelen. 'Waar de blanke top der duinen…'

'Heer sta mij bij!' Mama greep naar haar hoofd en rende de slaapkamer in.

Ik liep de gang op. Even aarzelde ik en toen deed ik de deur van de slaapkamer op een kiertje. 'Gaat het mam?'

'Weg! Weg!' schreeuwde mama. 'Als ik hier nog niet eens veilig ben dan spring ik van het balkon.'

Ik deed gauw de deur dicht. Papa's stem galmde door de gang. Hij had zijn eigen versie op het lied van Els gemaakt.

Waar de blanke top der duinen,
afgezet met prikkeldraad
en op iedere honderd meter
een bord VERBODEN TOEGANG staat

juich ik aan het vlakke strand
met een proces-verbaal al in mijn hand
ik heb u lief mijn Nederland...

'Waarom speel je niet verder?' riep papa. 'Je hoeft je niks van mama aan te trekken.' Maar ik wist wel waarom Els niet verder speelde.

~

Elke woensdagmiddag moest ik voor mama een nummertje halen. Mama wilde graag een laag nummer, maar dat was me nog steeds niet gelukt. Een keer had ik tien en twee keer negen, maar dat vond mama nog veel te hoog. Daarom ging ik die keer meteen door uit school. Mijn maag knorde de hele weg, dat kwam omdat ik nog niet had gegeten. Maar dat was niet zo belangrijk. Ik wilde mama verrassen.

Dit keer zou het me lukken. Ik was er heel vroeg. De assistent was er nog niet eens. Dat wist ik omdat haar fiets er niet stond. En de deur van de praktijk was nog dicht.

Zodra de nummertjes waren uitgedeeld, holde ik naar huis. Mama was de eerste, ze moest snel komen. Trots liep ik met het nummertje naar binnen, maar mama was niet in de kamer. Ze lag nog op bed. Sinds mama bij de psychiater kwam, lag ze steeds in bed. Hij had beloofd haar beter te maken, maar dat deed hij helemaal niet. Mama kleedde zich niet eens meer aan. Haar kleren hingen de hele dag over de stoel in de kamer. En ze kwam de slaapkamer haast niet meer uit. Alleen om haar drank in te nemen en als ze naar de wc moest. Ze zei dat ze sliep, maar dat was niet zo. Ik luisterde af en toe aan de slaapkamerdeur en dan hoorde ik mama huilen. Ik zag het ook aan haar rode ogen als ze uit bed kwam.

Mama kookte nog wel. 'Ik moet goed eten,' zei ze. 'Anders krijgen de zenuwen de overhand.' Maar het was wel moeilijk voor mama om te koken. Nog moeilijker dan voor ze ziek was.

Wij mochten niet in de keuken komen als ze kookte. En als we dat wel deden begon ze tegen ons te schreeuwen. 'Ga uit mijn keuken, of ik bega een moord.'

Els wilde soms toch de keuken in, om een slokje water te drinken. Els had vaak dorst. Dat wist de juf op school ook. Ze hoefde het niet eens meer te vragen. Ze mocht altijd opstaan en naar het kraantje lopen. Wij hadden alleen een kraan in de keuken. Ik was altijd bang als Els toch naar binnen ging. Bang dat mama haar zou vermoorden. Maar dat gebeurde gelukkig niet. Zodra Els de deur opendeed, stoof mama naar haar toe. Haar ogen stonden heel eng. 'Vuile rotmeid!' riep ze dan. 'Pas op of ik pak een eind hout.' Dan ging Els vlug weer weg.

Eigenlijk was de keuken altijd verboden terrein. Dat kwam omdat mama's drank op de keukentafel stond. Ze was bang dat we de fles om zouden stoten. Mama kon niet zonder haar drank. Dan werd ze gek.

Papa zei dat het alleen maar een idee was dat de psychiater haar had wijsgemaakt. En het ergste vond hij nog dat mama die Janus Tulp geloofde. Daar moest die psychiater het van hebben, van mensen die zo gek waren om hem te geloven. Als iedereen was zoals papa, dan zat hij daar niet. Dan reed hij ook niet met zijn kont in een dikke auto. Dan kon hij gaan werken met z'n luie reet. Want papa zei dat het geen werken was wat dat meneertje deed. Dat hij alleen maar een beetje achter een tafel zat te luisteren naar gezemel.

'Je moet het je niet zo aantrekken dat mama vaak huilt,' zei papa. 'Dat komt omdat de psychiater heeft gezegd dat het goed voor haar is. Hij had net zo goed kunnen zeggen dat ze de hele dag moest kakken, dan had ze dat gedaan.'

Met het nummertje in mijn hand ging ik de slaapkamer in.

'Mam,' zei ik. 'Je moet opstaan, je moet naar de dokter.'

'Nu al?' vroeg mama.

'Je hebt nummer een.' Ik hield het nummertje voor haar gezicht.

Mama schoot overeind. 'Hoe kom je aan zo'n belachelijk laag nummer. Je weet toch wel dat ik op bed lig. Ik moet me nog helemaal aankleden, dat red ik nooit.'

'Ik haal je kleren wel.' En ik rende naar de kamer.

'Blijf er alsjeblieft af!' riep mama. 'Zo meteen maak je een ladder in mijn kous. Ga jij maar vast vooruit en zeg maar dat ik het niet red.'

'Hoe kan dat nou,' zei ik.

'Er is vast wel iemand die met je wil ruilen,' zei mama.

'Maar ik moet naar de stalling, Kitty wacht.'

'Is die meid belangrijker dan je eigen moeder?'

'Nee,' zei ik.

'Nou dan. Als het zo doorgaat, verhang ik me toch nog,' zei mama. 'Dan kun je dag en nacht in die stalling zitten.'

Ik keek mama aan.

'Toe dan,' zei mama. 'Waar wacht je nog op.'

Met het nummertje in mijn hand rende ik de deur uit. Hijgend stormde ik na een kwartier de wachtkamer in.

De dokter was nog niet begonnen. 'Wil er iemand ruilen?' vroeg ik. 'Mijn moeder kan niet zo snel hier zijn.'

'Ja hoor.' Een man stond op. 'Geef maar, kind.' Hij gaf mij zijn nummer. Twaalf stond erop. Dat nummer was veel te hoog. Dan moest mama wel een uur wachten en dat ging niet. Ik wilde het terugvragen, maar de dokter stak zijn hoofd om de deur. 'Wie is de eerste?'

'Ik.' En de man verdween in de spreekkamer.

Mama zou straks komen, ik moest iets doen. Ik ging het kantoortje in. 'Ik heb twaalf,' zei ik. 'En dat kan niet want dan moet mijn moeder te lang wachten.'

'Dat geeft toch niks,' zei de assistent. 'Iedereen moet hier op z'n beurt wachten.'

Ik wilde zeggen dat mama het echt niet kon, maar ik bedacht dat het geen zin had. De assistent begreep er toch niks van. Ik liep het kantoortje uit en wachtte mama buiten op.

'En?' vroeg ze toen ze er aankwam. 'Is het gelukt?'

Ik knikte.

'Welk nummer heb ik?'

Ik durfde het niet te zeggen en liet het zien.

'Nee,' zei ze. 'Dat meen je niet. Je hebt je het nummer laten aftroggelen. Ben je nou zo stom of lijkt het maar zo? Kon ik maar weggaan, maar mijn medicijnen zijn op. Ik moet naar de dokter.'

'Je kan toch hier gaan zitten?' Ik wees naar een bank die in de zon stond.

'Bij de waterkant?' riep mama uit. 'Dat moet ik niet doen. Als ik hier tien minuten zit, kunnen ze dreggen.' Ze draaide zich om en ging de wachtkamer in.

Kitty was niet in de stalling. Haar moeder zat op de houten keukenstoel. Ze speelde een spelletje patience. Toen ik binnenkwam keek ze op. 'Je kan wel weer gaan. Ze heeft huisarrest. Een 3 voor d'r dictee. Ik zal d'r krijgen.'

Kitty's moeder begreep er helemaal niks van. Kitty hoefde toch niet te weten hoe je een moeilijk woord spelde? Het gaf niks dat ze alle d's en t's door elkaar haalde. Het was helemaal niet erg dat ze niet kon rekenen. Later hoefde ze alleen maar op de houten keukenstoel te zitten en te kijken hoe ik een fiets omkeerde, met één hand. En hoe snel ik de band kon plakken.

Het had geen zin om het te zeggen. De moeder van Kitty wist niet dat ik later de stalling zou overnemen en voor Kitty ging zorgen. Dat ik altijd bij haar wilde zijn, mijn hele leven, elke minuut van de dag. Het enige wat ze wist, was dat haar dochter een slecht rapport had.

Ik liep de stalling uit en ging naar boven. Toen ik de kamerdeur opendeed, bleef ik verbaasd staan. Els zat met een stralend gezicht achter een piano.

'Dat had je niet gedacht, hè?' zei papa.

'Ik wist allang dat ik een piano zou krijgen,' zei Els. 'Maar ik mocht niks zeggen.'

'Het was beter dat mama het niet wist,' zei papa. 'Je weet hoe ze is. Dan had ik een bedrijf moeten huren om dat ding hier te krijgen. Een pianoverhuurder kost tweehonderdvijftig gulden. Nou heeft het me niks gekost. Alleen een paar doosjes sigaren voor de kleermakers.'

'Het was wel eng,' zei Els.

'Op de trap had ik me een beetje verkeken,' zei papa. 'Ik dacht even dat hij naar beneden zou kletteren. Maar toen de jongens meehielpen, ging het prima. Laat je zus eens iets horen?'

Els speelde 'Boer er ligt een kip in het water'. Het klonk heel vals.

'De piano moet nog gestemd worden,' zei papa. 'Er komt straks iemand langs.'

Ik bekeek de piano. Hij was donkerbruin. Je kon duidelijk zien dat hij heel oud was. Hier en daar was het hout kapot en één toets deed het niet. Maar dat kon Els niks schelen. Papa zei ze hem een paar keer moest aanslaan en dat hij het dan wel weer deed. Een van de pedalen hing los. Els keek naar de piano alsof hij spiksplinternieuw was. Ik was van plan buiten te gaan spelen, maar nu bleef ik thuis.

'Mag ik ook even?' vroeg ik aan Els.

Els vond het goed, omdat hij toch nog niet was gestemd. Ze wilde net opstaan toen mama de kamer inkwam. 'Wat is dit in hemelsnaam.'

'Ik kon 'm voor een prikkie krijgen,' zei papa.

'En dat bespreek je niet eerst met mij? Ik heb mijn hielen nog niet gelicht of meneer levert me weer een of andere luizenstreek. Dat monster gaat eruit!'

Els begon te huilen. 'Dat wil ik niet. Ik wil piano leren spelen.'

'Dat is toch geen piano!' riep mama. 'Waar komt dat krot vandaan? Van de sloop? Ik moet dat stofnest hier niet in de kamer.'

'Ik dacht dat jij je niet druk mocht maken,' zei papa. 'Die piano staat hier goed. En Els kan er al op spelen. Laat mama eens iets horen?'

'Doe mij een lol,' schreeuwde mama. 'Het is zo al erg genoeg. Ik wil dat je dat ding weghaalt.'

'Goed,' zei papa. 'Stroop je mouwen maar op. Dan tillen we hem samen naar buiten.'

'Mij best,' zei mama. 'Maar dan hak ik 'm eerst in elkaar.'

Papa keek Els aan. 'Laat je niet op stang jagen. Dat zegt mama maar.'

'Nee, je wilt dat ding niet weghalen, hè?' riep mama. 'Je hebt liever dat ik hier word weggedragen.'

'Daar zal je de pianostemmer hebben.' Papa liep naar de deur. 'Kom binnen. De patiënt staat in de kamer.'

De pianostemmer gaf mama een hand.

'Dat is al een oud beessie,' zei hij.

'Wie bedoelt u, mijn vrouw?'

De man werd rood. 'Nee, de piano.'

'Dat geeft niks,' zei papa. 'Ze hoeft er niet mee op te treden.'

De man drukte een paar toetsen in. 'Hij moet natuurlijk wel zuiver zijn.'

Hij deed de bovenklep open. 'Zo zo.' Hij schudde zijn hoofd. 'Die heeft lange tijd op een vochtige plek gestaan. Ik ben bang dat ik hem niet zuiver krijg.'

'Maria Callas hoeft er niet bij te zingen,' zei papa.

De man deed zijn koffer open, haalde er een tang uit en begon de piano te stemmen. Mama rende de kamer uit met haar handen tegen haar oren. Ze deed haar jas aan en nam haar drank mee naar het balkon. Toen ik door het raam keek schrok ik. Ze nam niet één, maar twee eetlepels drank.

~

Toen ik de stalling inkwam, was Kitty niet in de werkplaats. Ik schrok. Ze had toch niet weer huisarrest? Ineens hoorde ik haar fluitje.

Ik liep naar achteren, daar stond ze, in haar ondergoed.

Ik keek naar haar naakte lichaam. Ze hoefde zich niet voor me uit te kleden. Ze hoefde haar borsten niet te laten zien. Ik wilde alleen maar dat ze bij me was.

Ze moest weten hoeveel ze voor me betekende, maar hoe moest ik haar dat vertellen?

'Kijk dan.' Kitty deed haar slipje omlaag.

Ik keek niet. Ik zag alleen haar gezicht. Haar prachtige ogen en haar mond. Toen wist ik hoe ik het moest zeggen. Ik nam haar gezicht tussen mijn handen en kuste haar op haar mond. Ik dacht dat ik zweefde, maar dat duurde niet lang.

'Viezerik!' riep Kitty. Ze duwde me ruw weg. Ik viel met mijn hoofd tegen het fietsenrek. Mijn hoofd deed pijn, maar dat kon me niks schelen. Ik was niet kwaad op Kitty. Ik zou nooit kwaad op haar worden.

Ze kleedde zich snel aan en liep naar de deur.

'Oprotten jij!' schreeuwde ze. 'Ik wil je nooit meer zien. Ga dan!' Ze zette de deur van de stalling wijd open, maar ik bleef staan. Ik wilde niet weggaan. Het kon toch niet dat het afgelopen was tussen ons?

'Je mag me niet wegsturen,' zei ik.

'O nee?!' schreeuwde Kitty. 'Ik kan zelf wel uitmaken wat ik mag.'

'Maar we zijn toch vriendinnen?' zei ik.

'Dat waren we, je denkt toch zeker niet dat ik met zo'n smeerlap wil omgaan?'

Kitty schreeuwde zo hard dat iedereen het kon horen.

'Hebben jullie ruzie?' vroeg Josje.

'Ja,' zei Kitty. 'En het komt nooit meer goed.'

Ik liep de stalling uit.

'Nou nou,' zei Josje, 'je hebt zeker iets heel ergs gedaan.'

'Ze heeft vast gejat,' zei Olga. 'Ze heeft poen uit de kas van de stalling gejat. Heb ik gelijk of niet?'

Kitty schudde haar hoofd. 'Ze heeft niks gepikt. Ze heeft iets veel ergers gedaan.'

Ze keken me allemaal aan. Ada ging naast me staan.

'Pas maar op voor haar,' zei Kitty. 'Ik heb je gewaarschuwd.'

'Wat heeft ze dan gedaan?' vroeg Josje.

'Vraag het haar zelf maar.' En Kitty liep de trap op naar boven.

Josje en Olga smoesden met de anderen en toen ging Josje voor me staan. 'Je zal het ons wel moeten vertellen, anders gaan we niet meer met je om.'

Ik sloeg mijn ogen neer. Ze mochten het niet weten. Niemand mocht het weten. Het was een geheim tussen Kitty en mij.

~

De piano van Els stond tegen de muur in de kamer, vlak naast de deur. En dat was heel lastig. Als Els zat te spelen en de kamerdeur ging te ver open, dan stootte de deur tegen de piano en raakte Els in de war.

Je kon de deur ook heel voorzichtig opendoen, dan gebeurde dat niet. Maar mama kon nou eenmaal niks voorzichtig. Elke keer als ze binnenkwam, klapte de deur tegen de piano en dan moest Els opnieuw beginnen.

Mama lag wel het grootste deel van de tijd op bed, maar dan mocht Els weer niet spelen. Ze moest wachten tot mama op was.

Als mama op was, zat ze vaak in de stoel. Dan staarde ze voor zich uit en wreef met haar vinger langs haar neus. Papa vroeg dan altijd of ze over haar zonden nadacht, maar mama zei dat ze maar wat zat te piekeren.

Zodra Els begon te spelen, kon ze niet meer piekeren. Dan liep ze heen en weer van de kamer naar de keuken. Na een tijdje begon Els dan te huilen, omdat ze zo niet kon studeren. Mama had al eens voorgesteld de kamerdeur open te laten, maar dan kon Els helemaal niet studeren. Want als mama in de keuken was maakte ze heel veel lawaai en dan hoorde je voortdurend gekletter van pannen en bestek, dus de deur moest dicht.

Als papa thuis was en mama heen en weer liep, werd hij kwaad. Maar papa was bijna nooit thuis. Hij had alleen tijd om te eten, en na het eten sprong hij op. 'Ik moet weer hollen,' zei hij dan, en ging weer naar zijn werk.

Papa had het zo druk dat hij soms de hele nacht doorwerkte. Hij was er heel trots op dat hij dat kon. Bij papa werkte een kleermaker die ook heel lang achter elkaar kon werken. Maar niet zo lang als papa. Ze hadden weleens een wedstrijdje gedaan. Papa deed vaak wedstrijdjes met die kleermaker. Papa won altijd, ook toen ze deden wie het snelst een rol beschuit op kon eten, zonder erbij te drinken. Ik vond het een beetje eng omdat papa's keel zo droog werd dat hij bijna stikte, maar hij had wel gewonnen.

Papa zat in de kamer achter de krant. Vannacht had hij ook doorgewerkt, daarom was hij nu thuis. Hij sloeg de krant extra zachtjes om zodat Els er geen last van had. Ik zat ook in de kamer. Ik dacht na over Kitty. Ik wist gelukkig al hoe ik het goed kon maken. Morgen zou ik meteen naar haar toe gaan.

'Hou eens op met dat ge-ijsbeer,' zei papa toen mama de kamer inkwam. 'Zie je dan niet wat je doet? Je maakt dat kind van streek. Als Els speelt, blijft die deur dicht. Anders timmer ik hem dicht.'

'Dan sluit ik mezelf wel in de keuken op.' Mama verdween door de deur. Maar ze bleef niet lang in de keuken. Ze had iets nodig dat in de kamer lag. En als mama iets bedacht, moest het altijd meteen gebeuren. Daar kon ze niks aan doen. Een stem in haar hoofd zei dat ze iets moest halen. Dat vertelde mama, en die stem was sterker dan mama zelf. Mama zei dat het met haar ziekte te maken had. Dat het steeds erger werd. We moesten ons erop voorbereiden dat het best kon gebeuren dat die stem iets veel ergers zou zeggen. Dat-ie zou zeggen dat ze zich moest opsluiten in de keuken, de deuren en ramen moest sluiten, de gaskraan open moest zetten en ervoor moest gaan liggen. En als het zover kwam dat die stem dat zei, dan was er geen ontkomen aan. Daarom had de psychiater die drank voorgeschreven, zodat mama die stem niet zo erg hoorde.

'Heel knap van die man,' zei papa. 'Hoeveel jaar heeft hij geleerd voor die hocus-pocus? Daar hoef ik geen toverdrank voor voor te schrijven. Doorslikken die stem, dan kun je hem uitpoepen.'

Nu stond mama op de gang. Ze wist dat ze de kamerdeur niet open mocht doen. Maar papa had niet gezegd dat het verboden was om op de deur te kloppen. Els begon net aan een nieuw lied toen we geklop hoorden. 'Els, Els ik moet erdoor, ik heb iets vergeten.'

Els reageerde niet, maar ze had er wel last van, ze maakte steeds fouten. Voordat papa boos werd, sloop ik naar de deur. Ik deed hem heel voorzichtig een eindje open, zodat hij niet tegen de piano stootte, maar net ver genoeg zodat mama erdoor kon.

Nu zat mama weer in de kamer. Ik vond het mooi wat Els speelde en papa ook. Maar mama niet. Mama had last van de hoge tonen. Dat kwam door haar oren. In mama's oren klonk alles anders. 'Denk maar dat er iemand met een krijtje over het bord gaat,' zei mama. 'Dat hoor ik nou als Els een hoge toon aanslaat.'

Maar soms had ze geen last van haar oren. Als er visite kwam, schepte ze altijd op over Els. Dat ze zo goed kon leren en dat ze zo mooi piano kon spelen. En dan zei ze dat Els maar wat graag iets wilde laten horen.

'Dat is leuk,' zeiden de mensen dan. En dan durfde Els niet te weigeren. Als Els was uitgespeeld rende mama niet met haar handen op haar oren de kamer uit, maar dan begon ze heel hard te klappen. Zo hard dat ze er rode handen van kreeg. Mama zei dat ze wel van muziek hield. Dat kon je ook merken.

Als we met mama door de stad liepen en de fanfare kwam eraan dan trok ze ons mee en moesten we er snel achteraan. Dat deed ze al toen ze klein was en dan vergat ze alles om zich heen.

Mama had zelf ook wel een instrument willen leren bespelen, maar daar hadden opa en oma geen geld voor. Mama zei dat ze best gevoel had voor muziek. Ze kon ook goed klepperen. Ze had haar kleppers bewaard en soms gaf ze een voorstelling voor ons. Dan zong ze er ook bij, heel hard. 'Klepperde klepperde klep klep klep ik ben zo blij ik ben zo blij ik ben zo blij dat ik ze hè-heb.' En bij 'heb' sloeg ze zo krachtig met de kleppers in de lucht dat ze haar pols verzwikte.

Als mama klepperde werd haar gezicht altijd vuurrood en dan kreeg ze heel grote ogen. Maar sinds mama ziek was kwamen de kleppers niet meer uit de kast. 'Ik kan niet meer klepperen,' zei ze. 'Ik kan niks meer.'

Els speelde 'Für Elise'. Papa en ik klapten toen ze klaar was.
'Bravo, mooi,' zei papa. 'Zonder één fout.'
Els keek trots.
'Hou dan nou maar op.' Mama stond al ongeduldig bij de deur. 'Je kunt het toch al.'
'Nee,' zei papa, 'ze laat ons nog meer horen. Ze heeft talent. Dat zeg ik niet alleen, dat vindt iedereen. Lenie had het er ook over.'
Els begon verder te spelen en zette de metronoom aan.
'Lenie?' vroeg mama. 'Toch niet die meid van beneden?'
Papa knikte.
'Spreek jij die dan?' vroeg mama.
'Ze werkt bij me,' zei papa.
'Wat vertel je me nou?' Mama keek papa aan. 'Sinds wanneer is dat?'
Papa dacht na. 'Ongeveer een maand.'
'Waarom weet ik dat niet?' vroeg mama.
'Wanneer had ik dat moeten vertellen,' zei papa. 'Je ligt de hele dag in bed.'

'Gluiperd,' zei mama. 'Een maand, zeg je? Nou dringt het pas tot me door. Sinds een maand moet jij zo nodig elke avond naar het atelier. Ik dacht al, daar zit-ie nooit alleen. Hangt die meid daar soms ook rond?'

'Die meid hangt niet rond, die handwerkt,' zei papa. 'Wat moet ze anders 's avonds. Alsof die boeren zo gezellig zijn. Ze doet het om mij te helpen.'

'Helpen? Je van je vrouw af helpen, zul je bedoelen.'

'Doe niet zo idioot, mens, je hebt het over een kind van vijftien.'

'Dat maakt voor jou niks uit. Als er maar een gat in zit.'

Ik keek naar Els, ze speelde door. Om zich te concentreren telde ze hardop mee met de metronoom.

Mama liep boos naar de deur.

'Die deur blijft dicht!' schreeuwde papa. 'Dat kind studeert.'

'Ik wacht wel.' Mama ging demonstratief voor de deur staan en tikte ongeduldig met haar voet op de grond.

Ik hoorde het aan Els' spel. Ze maakte de ene fout na de andere. Ineens hield ze op met spelen. 'Je maakt me in de war.'

'Ik doe toch niks,' zei mama. 'Of mag ik hier ook al niet meer staan. Ik ben gewoon een gevangene in mijn eigen huis met die rotpiano. Ik heb hier niks te zeggen...' Ze greep naar haar hoofd. 'Mijn drank... ik heb mijn drank nodig, ik moet erdoor!'

Papa sprong op en gooide de deur open. Hij klapte keihard tegen de piano. 'Ga maar gauw naar je drank. Waarom zuip je hem niet in één keer leeg, dan ben je er van af en wij ook.'

'Dat zou je wel willen, hè?' schreeuwde mama. 'Weet je door wie ik die drank moet slikken? Nou? Door jou. Jij rust niet eerder dan dat je me helemaal hebt leeggezogen. Je bent net Dracula. Maar daar komt die meid van beneden nog wel achter. Zeg maar tegen d'r dat ze zich vast op de psychiatrische afdeling kan inschrijven.'

'Hou je smoel!' schreeuwde papa. 'Ben je nou helemaal stapel geworden. Wat moeten die mensen wel niet denken.'

Els hield op met spelen. Ze pakte haar blokfluit en begon een liedje te fluiten dat we soms samen speelden. Ik pakte ook mijn blokfluit en floot met Els mee.

Eerst speelden we heel zachtjes, maar toen bliezen we steeds harder. Zo hard dat onze fluit ervan oversloeg.

~

Ik had een nieuwe drank voor mama bij de apotheek gehaald. 'Geef maar gauw.' Ze zette de fles naast de oude, die nog halfvol was, op de keukentafel. 'Zie jij verschil?'

Ik vergeleek de twee flessen. Natuurlijk zag ik verschil. 'Deze is veel donkerder,' zei ik.

'Juist,' zei mama. 'En weet je waardoor dat komt?' Ze wees op de nieuwe fles. 'Deze drank is veel zwaarder. En dat komt omdat ik achteruit ga in plaats van vooruit. Maar dat kan niet zo blijven. Zwaarder dan dit bestaat niet.'

'Wat moet je dan?' Ik schrok. 'Moet je dan het dubbele innemen?'

Mama schudde beslist haar hoofd. 'Je denkt toch niet dat ik het zo ver laat komen, hè? Ik zeg dit om je te waarschuwen. Nu ben ik er nog, maar het kan dat jullie op een dag uit school komen en dat ik dood lig. En dat zeg ik niet voor de flauwekul.'

'Dat wil ik niet,' zei ik.

'Luister goed,' zei mama. Mijn leven is één grote lijdensweg. Je zus heeft haar vader en voor jou hoef ik ook niet te blijven. Jij hangt dag en nacht in die vuile petroleumstank rond. Het verbaast me nog dat je hier bent. Moet je niet naar die meid hollen?'

'Ik mag Kitty niet meer in de stalling helpen.' Ik voelde dat ik bijna moest huilen. Vanmiddag had ik niet kunnen wachten tot de school uitging. Ik wilde het goedmaken en holde meteen naar huis. Op de hoek van de straat stonden Josje en Olga me op te wachten. 'Kitty heeft er spijt van,' zeiden ze. 'Ze wil weer vriendinnen met je zijn. Je moet zo snel mogelijk naar de stalling komen.'

Ik kon wel dansen van blijdschap. Kitty miste mij ook. Het kon ook niet waar zijn. Onze vriendschap was veel te mooi om zomaar te verbreken. Ik rende de stalling in en smeet de deur van de werkplaats open. 'Ik ben er weer!'

Kitty keek me met een ijskoude blik aan. 'Sorry, ik ken je niet.' Ze keek van me weg. Op de kruk tegenover haar zat een meisje. 'Ken jij haar?'

Het meisje schudde haar hoofd.

'Heb je soms een lekke band dat je hier zomaar binnenkomt?' vroeg Kitty.

Ik voelde me zo ellendig dat ik er niet eens aan dacht om weg te gaan. Ik stond daar maar in de deuropening van de werkplaats. Mijn hoofd duizelde. Ergens heel ver achter me hoorde ik gelach. Ik wist zeker dat dit het ergste was wat me kon overkomen.

Maar de gedachte dat mama op een dag dood zou liggen was nog veel erger.

'En de psychiater, wat zegt die dan?' vroeg ik.

'Die wil dat ik me laat opnemen,' zei mama. 'Maar dat is de pest, dat gaat nou eenmaal niet met je vader. Ik kan die man nou eenmaal niet met jullie alleen laten.'

'Waarom niet?' vroeg ik.

'Omdat hij niet te vertrouwen is,' zei mama.

'Hij gaat er heus niet snel met een ander vandoor,' zei ik.

'Daar heb ik het nog niet eens over,' zei mama. 'Jij weet niet half hoe jouw vader is. Ik ben niet voor niks ziek geworden, ik heb heel wat met hem meegemaakt. Vraag me niet wat, maar één ding zal ik je zeggen. Jouw vader gaat over lijken.'

Wat bedoelde mama daarmee? Ik voelde me ineens misselijk worden.

Mama deed haar schoen uit. 'Zie je,' ze wees op haar grote teen, 'ik dacht het wel, er zit een haakje aan mijn nagel. Dat kan me mijn kousen kosten.'

'Heeft papa iemand vermoord?' Ik moest het weten.

'Luister goed, jouw vader gaat letterlijk over lijken. Meer zeg ik niet.' Mama deed haar kous uit en trok de keukenla open. 'Wie heeft er met z'n poten aan mijn schaar gezeten?'

'Els zat net te knippen,' zei ik.

Mama liep met één blote voet de keuken uit. Ineens hoorde ik haar gillen. Ik rende naar de gang.

'Mijn voet!' Mama hinkte kreunend de kamer in.

'God mag weten wat er met mijn voet aan de hand is.' Ze keek onder haar voet. 'Jezus Christus nog aan toe!' riep ze. 'Ik zie een speld. Er zit een speld in mijn poot. Dat ding is er helemaal ingeschoten. Ik kan hem niet eens pakken. Wat sta je daar nou? Kijk dan.'

Ik boog me over mama's voet en zag een gaatje. Eerst dacht ik dat er niks in zat, maar toen ik goed keek, zag ik iets glinsteren. Ik schrok. Die speld zat diep in mama's voet. Daar kon je nooit bij, ook niet met een pincet.

'Is het een speld of niet?' vroeg mama.

Toen ik knikte, sloeg ze haar handen voor haar gezicht. 'Dit wordt mijn ondergang. Die pijn. Ik verga van de pijn en ik mag geen pijn hebben. Daar kan ik niet tegen.' Opnieuw keek ze onder haar voet. 'Wat moet ik? Ik kan niet eens opstaan. Als ik erop loop ga ik door de grond.'

'Zal ik papa halen?' vroeg ik.

Mama's ogen schoten vuur. 'Als ik je vader zie, vermoord ik hem. Spelden neerstrooien, dat is het enige waar hij nog voor thuiskomt. Die rotrevers. Hoe vaak heb ik het niet gezegd. Hij denkt maar dat z'n revers speldenkussens zijn. Ik knip ze er zo vanaf.'

Mama bleef maar naar haar voet kijken.

'Een speld in m'n voet.' Paniekerig keek ze me aan. 'Het is niet waar. Ik heb het gedroomd. Zeg dat ik het heb gedroomd. Zeg dan!' schreeuwde mama.

Els kwam de kamer in. 'Wat is er?'

'Mama is in een speld getrapt,' zei ik. 'Hij zit heel diep. Je kan er niet bij.'

Mama wees naar Els. 'En dat heb ik aan jou te danken.'

'Ik heb niet genaaid,' zei Els.

'Nooit loop ik op blote voeten,' schreeuwde mama. 'Maar jij hebt me ertoe gedwongen. Je hebt mijn schaar achterovergedrukt. Heb je nou je zin? Straks wordt er een mes in mijn voet gezet. En dat is de schuld van jou en je vader.' Woedend keek ze Els aan.

'Het is niet mijn schuld...' Els rende huilend de kamer uit.

'Het ziekenhuis,' riep mama. 'Ik moet zo snel mogelijk naar het ziekenhuis. Zo meteen komt er een infectie bij en dan moet mijn voet eraf.' Ze hinkte naar de telefoon, pakte het lijstje met alarmnummers en belde een taxi.

~

Toen ik 's maandags uit school kwam, zat mama met haar voet omhoog in de stoel.

'Deed het pijn?' vroeg ik.

'Hou alsjeblieft op,' zei mama. 'Wat ik daar heb geleden, het is met geen pen te beschrijven.'

'Was die dokter wel aardig?'

'Dokter,' zei mama, 'was het maar een dokter. Die vuile kaffer heeft niet eens op de foto gezien dat het een naald was en geen speld. Weet je wat het wil zeggen als je een naald in je voet hebt? Dat-ie kruipt. Op twee plaatsen heeft hij me opengesneden. Dat kwam omdat de foto's vrijdag al waren gemaakt. Ik dank God op mijn blote knieën als ik dat been ooit nog kan gebruiken.'

'Hoe lang moet je ermee rusten?' vroeg ik.

'Tot ik van ellende uit het raam spring,' zei mama.

'Mag je ook niet koken?'

'Ik mag niets, helemaal niets. Dan weet je dat vast. Je vader zal voor het huishouden moeten zorgen. Als hij tenminste ooit nog de moeite neemt om thuis te komen.'

Ik hoorde de sleutel in het slot. 'Daar heb je papa al,' zei ik. Maar het was papa niet. De buurvrouw van beneden kwam binnen. 'Hoe gaat het hier?' vroeg ze.

'Hoe komt u aan die sleutels?' vroeg mama.

'Van je man,' zei de buurvrouw. 'Hij heeft het zo druk. En er zal toch iemand voor jullie moeten zorgen.' Ze liep door naar de keuken en begon op te ruimen. Ik vond het fijn dat ze er was, maar mama was woedend.

'Hoe haal je het in je kop dat wijf van beneden op mijn dak te sturen?' riep ze toen papa thuiskwam.

'We zullen toch moeten eten,' zei papa.

'Je hebt haar de sleutels gegeven,' zei mama. 'Aan een vreemd wijf. Als ik beter ben, is de helft van mijn spullen gejat.'

'Je kunt alles van ze zeggen,' zei papa. 'Het zijn boeren, maar ze zijn goudeerlijk.'

'Hij weet weer wie eerlijk is. Ze zal niet de eerste zijn die je een poot uitdraait.'

'Dat mens pikt niks,' zei papa. 'Ze helpt je omdat je haar buur bent.'

'Dat doet ze niet zomaar,' zei mama. 'Niemand doet iets voor niks. Je zal haar wel iets beloofd hebben.'

'Wat bedoel je, geld? Dat mens wil helemaal geen geld.'

'Ik heb het niet over geld,' zei mama. 'Je zult d'r wel hebben gepaaid. Dat wijf zal je wel een geschikte partij vinden voor haar dochter.'

'Hou je smoel!' Papa hief zijn hand op.

Els kwam de kamer in en begon piano te spelen.

'Je dacht zeker dat ik niks in de gaten had, hè?' zei mama.

Papa liep naar de keuken. Hij kwam terug met mama's drank in zijn hand. 'Nog één woord over dat kind van beneden en ik giet die smurrie over je kop.'

'Dan verhang ik me,' zei mama. 'Maar dan bel ik eerst de

politie. Dan draai je voor de rest van je leven de bak in.'

Ik keek geschrokken naar Els. Als mama dood was, en papa in de gevangenis zat, waren we helemaal alleen. Maar Els speelde gewoon door.

~

'Het is een godswonder,' zei mama. Haar voet genas sneller dan ze had verwacht. Ze liep alweer af en toe door het huis.

Toen ik uit school kwam, stond ze voor het raam. Ze maakte vlug de deur open, trok me naar binnen en draaide het slot om. Scheef, zodat er niemand met een sleutel in kon.

'Dat doe ik niet voor niks,' zei ze. 'Die kerel van beneden kan elk moment voor m'n neus staan. Alsof het mijn schuld is. Die draaien de rollen gewoon om. Het is hun dochter die je vader het hoofd op hol maakt. Ik heb alleen maar gezegd hoe ik over die snol denk. En een drukte dat dat mens maakte. Ze ging het meteen aan haar man vertellen. Ik zou het nog wel merken. Ze stond niet voor hem in, zei ze. Zijn de gordijnen beneden nog dicht?'

Ik zei dat ik het niet wist.

'Waarom weet je dat nou weer niet,' zei mama. 'Als ze dicht zijn, zitten we voorlopig veilig, dan slaapt-ie nog.'

Ik dacht na en ineens wist ik het. 'Ze waren nog dicht.'

'Eigenlijk zegt het niks.' Mama stond op. 'Dat kan ook een

list zijn. Denk erom dat je voor niemand opendoet. We zijn ons leven niet zeker met die maniak onder ons. Je hebt geluk dat je veilig thuis bent. Hij had je zo naar binnen kunnen sleuren.'

Ik dacht aan Els die nog thuis moest komen.

'Zit de balkondeur ook op slot?' vroeg mama. 'Kijk jij even.'

Toen ik door de gang liep, hoorde ik voetstappen op de trap. Dat moest Els zijn. Ik wilde gauw de deur voor haar opendoen.

'Laat die deur dicht!' schreeuwde mama. Ze ging terug naar de kamer en pakte de pook. 'Dicht die deur! Eerst controleren of het Els is.'

'Els, ben jij het?' riep ik door de dichte deur.

'Ja,' antwoordde Els.

'Is ze alleen?' Mama wees naar de brievenbus. Ik deed de klep omhoog en tuurde het portiek in. Ik zag alleen Els, verder niemand.

Els dacht dat het een spelletje was. 'Doe nou open, leukerd.'

'Ze is alleen,' zei ik.

Mama ging achter de deur klaarstaan met de pook in haar hand. 'Vlug!'

Ik draaide de deur van het slot.

Els was nog niet binnen of mama gooide de deur met een klap dicht. Ze deed het slot er weer scheef op.

Els wilde pianospelen, maar dat mocht niet. We mochten ook niet heen en weer lopen. Mama moest kunnen horen of er iemand de trap opkwam en tegelijk hield ze het balkon in de gaten.

'Die man deinst nergens voor terug.'

Els ging aan haar huiswerk, maar ik was bang. Toen het begon te schemeren werd mijn angst nog groter. Vooral omdat ik wist dat papa niet zou komen. Hij moest overwerken.

Ik ging gebukt onder het raam van mijn kamer zitten. Dat was de beste plek, dan kon ik de voordeur in het benedenhuis horen opengaan. Ik wist dat ik het kon verwachten, maar toen de deur openging schrok ik toch. Zou de buurman eraan komen? Het was ook mogelijk dat hij naar zijn werk ging. Ik schoof het gordijn een stukje opzij. De buurman kwam naar buiten en liep de trap op. Ik rende de kamer in. 'Hij komt eraan!'

'Here God!' Mama gilde.

Els hield op met leren. Toen de bel ging, kroop ik van schrik onder de tafel.

Opnieuw ging de bel. Mama sloeg een kruis. 'Dat mijn leven zo moet eindigen.'

Er werd op de deur gebonkt. 'Vuile teringteef, doe open!' brulde de buurman. 'Ik weet dat je thuis bent.'

Mama pakte de pook en ging in de kamerdeur staan. Ze keek ons aan. 'Als ik het niet meer kan navertellen, zijn jullie mijn getuigen.'

De buurman schopte keihard tegen de deur. 'Doe die deur open, of ik trap 'm in!'

'Kan dat?' vroeg ik.

Mama knikte. 'Die deur is net karton.'

'Vuil takkewijf, wat heb je over mijn dochter gezegd?' schreeuwde de buurman.

Ik begon te huilen.

'Hou op!' riep mama. 'Straks kan je huilen, als ik dood lig.'

'Ik vermoord je!' schreeuwde de buurman.

Even bleef het stil. En toen hoorden we hem de trap afgaan.

'De brievenbus moet dicht,' zei mama. 'Straks blaast hij ons huis op.'

'Papa moet komen,' zei ik. 'Papa moet ons helpen.'

'Van je vader hebben we niks te verwachten,' zei mama. 'Wie weet zit hij er nog achter ook.'

Mama greep Els vast. 'Weg bij dat raam. Die ploert is in de tuin.'

'Denk maar niet dat je van me af bent!' schreeuwde de buurman omhoog. 'Als ik wil ben ik zo boven.'

Mama keek ons aan. 'We kunnen niks beginnen. We zitten als ratten in de val. Die kerel is bezeten. Hij roeit ons allemaal uit, het is net een wild dier.' Ze ijsbeerde door de kamer. Ineens bleef ze staan. 'Jezus Christus nog aan toe. Ik ruik brand.'

Ze liep de keuken in. Els en ik renden achter haar aan. Mama keek in alle gootsteenkastjes, maar ze vond niks. 'Wat staan jullie daar nou? Willen jullie soms uitgerookt worden?'

'Ik ruik niks,' zei ik.

'Ik ook niet,' zei Els.

'Dat hoeft ook niet,' zei mama. 'Je hebt explosieven die reukloos zijn. Die gebruikten ze ook in de oorlog. Wie weet wat die kerel allemaal onder in de kelder heeft.'

'Ik heb het zo koud,' zei ik.

'Niet zeuren,' schreeuwde mama. 'Het begint nu pas. We zijn er nog lang niet, dat voorspel ik. Hij wil dat we creperen. Ik denk dat we een heel langzame dood gaan sterven.'

~

'Ik had nog beter een moord kunnen plegen,' zei mama. 'Dan zat ik nu in de gevangenis, maar dan was ik tenminste veilig. Die maniak van beneden kan elk moment toeslaan. Ik heb hier geen seconde rust meer.'

'Die man is allang vergeten wat je hebt gezegd,' zei papa. 'Ik heb hem toch gesproken. Hij was beledigd en hij had een slokkie op. Hij heeft gezegd dat hij je echt niet meer lastigvalt.'

'Dat geloof je toch zeker zelf niet, hè?' zei mama. 'Het is een list. Hij lokt me m'n huis uit en dan slaat hij toe.'

Mama ging niet meer naar buiten, alleen als ze naar de psychiater moest en dan zat de ijzeren pook in haar tas. Er zat ook een ander slot op de deur. Els en ik kregen geen sleutel. 'Dat is vragen om ellende,' zei mama. 'Die sleutel heeft hij zo te pakken.'

Ze had een code bedacht. We moesten twee keer kort bellen en één keer lang, dan deed ze open. Maar niet meteen. Eerst keek ze nog door de brievenbus. 'Wie zegt mij dat-ie niet met een mes achter jullie staat?'

Mama wilde dat we zo weinig mogelijk in- en uitliepen. 'Besef het goed,' zei ze. 'Elke keer dat ik jullie moet binnenlaten, verkeer ik in levensgevaar.' Maar we moesten toch naar school en Els wilde naar pianoles.

Mama was niet van plan ooit nog een stap buiten de deur te zetten, maar toen Els en ik op een middag aanbelden, werd er niet opengedaan.

'Mam!' riep ik door de brievenbus. 'Mam, wij zijn het.'

De deur bleef dicht. Els bleef wachten en ik rende naar de overkant.

'De buurman,' zei ik. 'De buurman heeft mama meegenomen.'

'Begin jij nou ook al.' Papa zuchtte.

'Het is waar,' zei ik. 'Mama doet niet open.'

'Is de deur geforceerd?' vroeg papa.

'Nee,' zei ik.

'Nou dan, dan is er niemand binnen geweest. Mama is even een boodschap doen.'

Maar dat geloofde ik niet. Ik zeurde net zo lang tot papa meeging.

Zuchtend legde hij zijn werk neer. 'Ben jij nou een bink?'

Els stond nog boven in het portiek. Papa maakte de deur open. Ik keek de kamer in, maar mama was er niet.

Papa deed de keukendeur open. 'Jezus!'

Els en ik kwamen aanhollen, maar papa deed gauw de deur weer dicht. 'Mama heeft een ongelukje gehad. Naar buiten jullie.'

Dus toch. De buurman had mama in elkaar geslagen. Hij moest over het balkon zijn geklommen. Waarom mochten wij mama niet zien?

'Is mama dood?' vroeg ik.

'Nee,' zei papa. 'Maar ze moet wel naar het ziekenhuis. Ga naar buiten en vraag of Daan de Wit me even komt helpen.'

Nog geen tien minuten later kwam de ziekenauto met loeiende sirenes de straat in. De deur ging open en twee broeders renden met een brancard naar boven.

Van alle kanten kwamen de mensen aan gerend. Iedereen kwam eromheen staan. Behalve de buurman, die zag ik niet. Hij was zeker bang dat de politie hem zou oppakken.

'Daar komt ze!' riep de moeder van Kitty die met haar hoofd in het portiek hing.

De broeders droegen de brancard naar beneden. Mama lag erop. Haar gezicht was heel wit en ze hield haar ogen dicht.

Papa ging met de ziekenauto mee.

'Jullie blijven hier,' zei hij.

'Wat is er met haar?' vroeg de moeder van Kitty. 'Is ze niet goed geworden?'

'Ze heeft geprobeerd zich van kant te maken,' zei meneer De Wit.

Had mama dat echt gedaan? De straat begon voor mijn ogen te draaien. Wilde ze ons zomaar in de steek laten? Els en ik stonden daar maar, midden op de stoep, hand in hand en we zeiden niks.

De moeder van Ada sloeg een arm om ons heen. 'Voor die schapen is het 't ergst. Kom maar met mij mee, dan wachten we tot papa terug is.'

~

Als mama maar niet doodgaat, was mijn enige gedachte. Maar toen papa zei dat het goed met haar ging, werd ik boos.

Ik keek naar alle moeders in de straat. De moeder van Kitty hing dan wel met haar hoofd vol krullers uit het raam, maar zoiets zou ze nooit doen. En Olga's moeder, die op zondagochtend op haar sloffen naar de kerk ging, ook niet. Mama praatte niet plat. Ze zei niet 'ik leg op bed' en 'ik kon niemand', maar ze had ons in de steek willen laten.

Iedereen had medelijden met mama omdat ze zichzelf had verwond.

Alle gesprekken in de winkels gingen over wat mama had gedaan. Ik hoorde de bakker zeggen dat mama vast heel erge spijt had.

De moeder van Kitty knikte. 'Moet je opletten, die schaamt zich kapot.'

Maar mama schaamde zich helemaal niet. Toen ze thuiskwam, hield ze haar armen naar voren zodat we haar polsen goed konden zien. Ze zaten nog in het verband. Ik wilde er liever niet naar kijken en Els ook niet. We wilden net doen of het niet was gebeurd. Maar mama begon in geuren en kleuren te vertellen hoe het was gegaan. Ze haalde het verband eraf. 'Kijk eens wat een jaap.'

Ik wilde wegkijken, maar dat lukte niet. Mama wilde per se dat ik het zag. Ze liet ons zien in welke pols ze het eerst had gesneden en ze haalde het mes uit de la.

'Dit doe je niet zomaar,' zei mama. 'Als je zoiets doet, ben je er heel erg aan toe.'

'Weten jullie eigenlijk wel hoe het heet wat ik heb gedaan?'

Els en ik zeiden gauw ja, zodat ze er niet verder op door zou gaan, maar zo gemakkelijk kwamen we er niet vanaf. 'Hoe heet het dan?'

Ik slikte een paar keer. 'Je hebt in je polsen gesneden.'

Mama schudde haar hoofd. 'Jullie moeder heeft een poging tot zelfmoord gedaan. Dat is heel erg. Jezelf verminken, denk je dat eens in. In je eigen lichaam snijden met een mes. Het bewijs heb ik hier in mijn hand.' Ze hield ons het mes voor.

Ik rilde. 'Zoiets zou ik nooit doen.'

'Dat kun je niet weten,' zei mama.

'Dat weet ik wel.' Ik voelde dat ik bijna moest huilen. Ik wilde zeggen dat ik mijn kinderen nooit in de steek zou laten. Dat ik altijd bij ze zou willen zijn. Maar ik zei het niet.

'Nou, hoe weet jij zo zeker dat je dit nooit zou doen?' vroeg mama.

'Omdat het pijn doet,' zei ik gauw.

Mama schudde haar hoofd. 'Weet je wat pijn deed? Niet het snijden. Dat viel wel mee.' Ze wees op de draadjes in haar polsen die de wond bij elkaar hielden. 'Dat verdomde hechten. Die dokter heeft me wel te grazen genomen.'

Mama deed haar verband weer om. 'Het is niet voor niks geweest.' Ze haalde een groene kaart uit haar tas. 'Weten jullie wat ik hier heb? Hiermee krijgen we een ander huis. Het is een urgentieverklaring. Die heeft de psychiater verzorgd. Eindelijk mogen we hier weg. Daar heb ik wel wat voor over moeten hebben. Wat een gribus. Die straat heeft me bijna het leven gekost. Als het aan jullie vader had gelegen waren we hier nooit vandaan gekomen. We komen nu in een fatsoenlijke buurt. Beseffen jullie dat wel? Ik verwacht echt geen dank, maar een beetje waardering is wel op z'n plaats.'

'Als we verhuisd zijn, word je dan beter?' vroeg ik.

'Wat denk je nou,' zei mama. 'Met mij is niks aan de hand. Ik ben hier ziek gemaakt. Ik ben niet tegen dat gajes bestand, daar ben ik te gevoelig voor. Jullie weten niet half hoe eenzaam ik me hier heb gevoeld.'

'Waar gaan we dan heen?' vroeg ik.

Dat wist mama nog niet.

~

We stonden voor ons nieuwe huis. Voor het raam van de tweede verdieping zag ik een vrouw. Ze zwaaide naar ons. Ik wilde terugzwaaien. 'Geen aandacht aan besteden.' Mama duwde me gauw het trapportaal in. 'Denk erom, we bemoeien ons met niemand. Met helemaal niemand.'

Lees ook *Dochter van Eva*, het vervolg op *Moederkruid*

CARRY SLEE
Dochter van Eva

€ 17,95